Barbara Brüning

# Heute nicht

AF237704

Barbara Brüning

# Heute nicht

Kurzgeschichten

Bibliografische Information der Deutschen
Nationalbibliothek:
Die Deutsche Nationalbibliothek verzeichnet diese
Publikation in der Deutschen Nationalbibliografie;
detaillierte bibliografische Daten sind im Internet über
http://dnb.dnb.de abrufbar.
© 2021 Barbara Brüning
Lektorat und Satz: Bettina Dahl
Cover- und Umschlaggestaltung: Lilli Seboldt |
lilsimagination – www.lilsimagination.de
Herstellung und Verlag: BoD – Books on Demand,
Norderstedt
ISBN: 978-3-7543-4451-4

# INHALT

# DIESER EINE MOMENT

Es hatte diesen einen Moment gegeben. Von dem er sich nie ganz sicher war, ob er ihn nicht nur geträumt hatte. Weil nie vorher und auch danach nie mehr etwas Vergleichbares geschehen war.

Sie waren beide erschöpft. Sie waren dreckig von oben bis unten. Sie stanken nach Schweiß. Sie hatten Hunger. Und es gab nichts zu essen im Haus. Sie hatten keine Ahnung, ob sie noch Geld hatten oder welches finden würden. Und wenn, dann war nicht klar, ob man etwas damit hätte kaufen können. Jedenfalls nicht jetzt sofort. Nur die Flasche Schnaps stand da zwischen ihnen. Und die würde den Hunger betäuben. Soviel war klar. Und danach wäre hoffentlich auch so manches andere wieder klarer.

Sein Vater sah toll aus. Verwegen, mutig. Wie ein Kämpfer. Oder ein Cowboy aus einem Western. Seine blauen Augen stachen in dem vor Dreck braunen Gesicht hervor. Seine kantige Nase war auf einmal charaktervoll. Sein Rollkragenpullover hatte etwas Existenzielles.

„Weißt du", hatte er gesagt, während er das Wasserglas mit dem Schnaps, aus dem er gerade den ersten Schluck genommen hatte, in der Hand hielt und ansah, als könnte er etwas in der klaren Flüssigkeit lesen, „weißt du, wenn mir damals jemand gegenüber gesessen hätte – mit Dreitagebart, müden Augen, den Kopf aufgestützt, erschöpft und leer – dann hätte ich ihm nichts tun können. So einen richtigen lebenden, warmen Menschen, der vielleicht noch irgendwie daran erinnerte, dass er mal herzlich sein konnte. Man hätte ja Mitleid gehabt. Ich hätte jedenfalls Mitleid gehabt. Ich konnte als Kind nie jemandem weh tun. Ich hatte immer Angst, jemand könnte weinen, weil mir dann auch die Tränen kamen. Und deshalb bin ich oft genug ausgelacht worden. Das kannst du glauben."

Dann kam lange nichts. Ich war zu müde nachzufragen. Und ich hatte Angst, ihn daran zu erinnern, dass ich da war. *Ich* hatte einen Dreitagebart. *Ich* hatte müde Augen. Und ich hatte einen Rollkragenpullover an. Der hatte in einem Koffer auf dem Schrank gelegen. Und deshalb war er trocken geblieben, als diese furchtbare Flut die ganze Straße, den ganzen Ort und das halbe Haus unter Wasser gesetzt hatte. Wir hatten den ganzen Tag Sachen aus dem Erdgeschoss in den ersten Stock getragen. Waren nass bis auf die Haut. Am späten Nachmittag war das Wasser so hoch, dass man nur noch Dinge herausfischen konnte, die oben trieben. Es war auch in den ersten Stock gekommen und wir hatten überlegt, wie hoch es noch steigen würde, bis wir aus dem Fenster noch rauskommen würden. Gegen Abend aber hatte es auf-gehört zu steigen. Jetzt war es fast dunkel. Der Fußboden war nur noch einen Zentimeter mit Wasser bedeckt. Der Wind kam durch die offenen Fenster und es wurde kühl. Und ich war froh, dass ich sie gefunden hatte. Diese schwarzen Rollis. Die uns beiden viel zu eng waren, weil sie aus einer Zeit stammten, als ich noch schlaksig und jung war.

Damals waren sie mir zu groß gewesen, was ich damals schick fand, ich erinnerte mich genau.

„Als er da saß, wurde mir heiß und kalt", fing mein Vater unvermittelt wieder an. Seinen Blick unverwandt auf meine Hände gerichtet. „Seine Augen waren so herzlich und ein bisschen schalkhaft. Aufstehen, weggehen. Durch die Wälder wandern. Erzählen. Wo kommst du her? Was machst du? Lachen. Abends einkehren. Bierchen trinken. Lachen. Und einschlafen. Neben diesen Augen, die ihre Freude an mir hatten. Vielleicht in seinem Arm. Er hatte so ausdrucksvolle Hände. Viereckig. Der Ansatzknochen des Daumens kam so hervor und der Daumen war nach außen gebogen. Weißt du, bei manchen Menschen sind die Daumen kerzengerade und bei manchen biegen sie sich so nach oben. Er hatte ebenmäßige Fingernägel. Kurz geschnitten. Makellos. Und stark. Von ihnen nur gehalten zu werden. Mein Herz schlug bis zum Hals. Meine Lippen wurden feucht. Einen Moment und unsere Augen sprachen all das aus. Ja, seine auch. Für einen Moment waren wir wirklich woanders. Es war wirklich so. Es war so."

Er sagte das nicht sentimental. Nein. Eher wie eine Nachricht. Der objektive Bericht eines neutralen Berichterstatters. Das zweite Mal schon war das Wasserglas zur Hälfte geleert. Ihm fielen die Augen zu. Und ich war nicht sicher, ob das schon Traum war oder nicht. Er jedenfalls schien sich zu verlieren in dieser denkwürdigen Erinnerung oder Verwechslung. Mir sah er jedenfalls nicht in die Augen. Aber er sah auf meinen Bart, er sah auf den Rollkragenpullover. Und sein Blick blieb lange auf meinen Händen liegen. Ich habe auch diese sich nach oben biegenden Daumen und den hervorstehenden Ansatzknochen. Aber in die Augen sah er mir nicht. Und gerade als ich dachte, sein Kopf sinkt jetzt auf den Tisch, da ging ein Ruck durch ihn. Sein Körper straffte sich.

„Ich hätte ja nur heulen müssen. Wenn da Menschen gewesen wären. Aber es ging ja für *mich* um Leben und Tod. Und nicht nur für mich. Auch meine Eltern und die Brüder und alles – alle hätte ich mitgerissen. Da war es gut, dass ich gerade noch rechtzeitig kapiert hab, dass sie keine Menschen sind wie wir. Dass das nur eine Hülle ist, bei denen. Innen drin sitzt einer, der nur so tut, als sei er müde und verzweifelt, weil die wissen, dass wir empfindsame Menschen sind. Also hat man nicht hinschauen dürfen, um sich nicht täuschen zu lassen. Es war einfacher, wenn die alle das gleiche anhatten und nicht gerade erst ankamen und noch vielleicht 'nen Pulli anhatten, so einen, wie man vielleicht selbst auch mal hatte. Und vor allem Angst. Die war immer ganz schlecht auszuhalten. Weil man die ja selber hatte und nicht haben durfte. Wer Angst hatte, kam gleich weg. Da hab' ich mich nur umgedreht und auf die Tür gezeigt. Das war wirklich 'ne böse Falle von denen, um uns weich zu machen. Man musste sich wirklich selbst immer daran erinnern, dass da ein Teufel drinsitzt, dem es nur darum ging, uns weich zu machen. Das war es, was die wollten. Na ja, die Uniformen haben es uns auch leichter gemacht. Man war dann ja auch nicht als Mensch da. Eher als Vertreter des Guten, der eine schwere und traurige Aufgabe hatte. Diesen, leider falschen, Menschen zu vernichten. Besser wäre es ja gewesen, er wäre gleich auf der richtigen Seite geboren gewesen. Dann hätten wir das nicht tun müssen. Sie zwangen uns ja dazu. Aber ich habe so deutlich gespürt, wie wir beide eben nicht anders können, als zu sein, wer wir sind."

Und als die Flasche fast leer war – er hatte geschwiegen. So lange. Da sagte er noch. „Scheiße – er hatte verdammt warme

Augen. Ich hätte ihn so gemocht." Und gerade als ich dachte, er würde jetzt tatsächlich heulen, da hatte er sich schon wieder gefangen. „Ich war dann umso wütender, weil er genau wusste, wie er mich kriegt. Dieser Blick, so interessiert und neugierig auf mich. Das stand ihm nicht zu, in seiner Situation – und wer so guckt, obwohl die Gaskammer keine hundert Meter weg ist, der ist besessen. Das ist unmenschlich. Der ist gefährlich. Ich wollte dem nicht noch mal begegnen. Oder jemand anders der Gefahr aussetzen."

Das war's. Ich hatte nicht gewusst, dass er im KZ war und da was zu sagen gehabt hatte. Oma hat immer nur gesagt, er sei an der Ostfront gewesen. Mama hatte mal gesagt, er sei da freiwillig hingegangen. Aber aus ihm hab' ich kein Wort mehr rausbekommen. Obwohl ich gehofft hatte, das Eis wäre gebrochen. War's nicht. War wohl eher ein Ausrutscher.

Manchmal denke ich, dass es ganz einfach daran lag, dass er so verdreckt war, wie damals im Krieg. Und so nass und hungrig und verfroren. Dass sein Gedächtnis ihn da zurückkatapultiert hat. Dass er mich für einen Kameraden hielt oder so, dem man Sachen erzählt, weil man nicht weiß, wie lange man überhaupt noch erzählt. So eine Art Kurzschluss im Gehirn. Und wer weiß, vielleicht hat er tatsächlich vergessen, dass das überhaupt passiert ist. Sonst hätte man ja daran mal anknüpfen können. Konnte man aber nicht. Hat mich nur angesehen, als käme ich auch von einem anderen Stern. So wie dieser Typ im Wollpullover mit Dreitagebart und müden Augen, die ihn so herzlich und neugierig angesehen haben, dass sie offensichtlich etwas in seinem Herzen berührt haben, das ihm ganz schreckliche Angst eingejagt haben muss. Sodass er ihn sofort umbringen ließ und sich selbst auch in einer Art Selbstmordkommando an die Ostfront schickte. Ich hatte schon immer den Verdacht, dass er eigentlich Männer liebte.

11

Mir widerstrebt zu sagen, dass er schwul war. Weil da so viel Sex mitschwingt und das kann ich mir bei ihm gar nicht vorstellen. Irgendeine Art von Sehnsucht nach körperlicher Nähe. Liebe - ja. Zu Männern allerdings nur. Er sprach oft zärtlich von Filmstars. Die waren wohl weit genug weg. Uns Söhne hat er nie angesehen. Nicht in die Augen. Nein, das schon gar nicht. Aber auch sonst nicht. Ich weiß nicht, ob ich ihm überhaupt mal die Hand gegeben habe.

# EIN SCHNIPPCHEN GESCHLAGEN

Es war schon Mittag als Jupp erwachte. Jedenfalls schien die Sonne durch sein trübes Dachfenster und wärmte seine nackten Füße. Die Bettdecke war runtergerutscht und lag halb in dem Deckel eines Gurkenglases, das er als Aschen-becher benutzte. Er konnte seine Füße nicht sehen, denn sein dicker Bauch war dazwischen. Das Oberteil des Pyjamas hatte nur noch einen Knopf und gab den Blick auf die weiße Haut seines Bauchs mit den schwarzen Haaren frei. Er atmete tief ein und aus – der Bauch hob und senkte sich. Er wackelte mit den Zehen. Na bitte, geht doch. Er war der Herr im Haus. Langsam und bedächtig setzte er sich auf. Seine Füße fanden einen freien Platz auf dem kühlen Fußboden zwischen alten Zeitungen, Büchern und dem Aschenbecher. Das Aufstehen fiel ihm zugegebenermaßen immer schwerer. Aber es ging. Ächzend kam er auf die Beine. Ein klappriger Stuhl stand an der gegenüberliegenden Wand. Dahin zu kommen war nicht ganz einfach. Er hatte schon mal das Gleichgewicht verloren und war gestürzt, weil er nicht auf die Bücher treten wollte. Trat er aber darauf, so kam es vor, dass sie sich verschoben, bevor er fest stand. Er war nicht sicher, wer daran Schuld hatte. Aber diesmal ging es gut. Er ließ sich auf den Stuhl sinken. Das Schwierigste waren jetzt die Strümpfe. Er sollte sie anbehalten

13

nachts, hatte er schon des Öfteren überlegt. Aber sie wollten das nicht. Sie wollten, dass er sich ordentlich auszog. Sie sahen alles und sie würden es sicher melden, wenn er anfing, das Aus- und Anziehen zu vernachlässigen. Er war einfach nicht mehr so beweglich, um mit beiden Händen an seine Füße zu kommen. Aber es ging irgendwie auch mit einer Hand. Hoffentlich sahen sie nicht, wie seine Füße aussahen – seit Wochen nicht gewaschen, die Nägel nicht geschnitten. Na ja, heute ging es noch mal.

Auf Strümpfen ging er langsam in die Küche. Eigentlich war es nur eine Kochecke. Aber er sagte Küche. Er ließ Wasser in den Boiler und schüttete Nescafé in seine alte Porzellankanne. Da konnten sie nicht meckern. Die hatte Stil. Er grinste freundlich zu den Wänden. Grüßte die rechte obere Ecke der Zimmerwand. Sollten sie doch ruhig sehen, dass es ihm gut ging.

Allerdings bekam er gleich darauf einen Schreck. Aus dem Abfluss seines Spülbeckens kam mit zartem Grün ein kleines Pflänzchen. Das war gestern noch nicht da. Ob der Kirschkern von vor ein paar Wochen sich selbständig gemacht hatte? Oder hatten sie es ihm da reingesetzt, um ihn zu prüfen? Jupp beschloss, sich nichts anmerken zu lassen.

Da klingelte das Telefon. Er war sehr stolz auf diesen Apparat. Er wusste, wer dran sein würde. Es gab ja außer ihr niemanden, der seine Nummer hatte. Wem sollte er sie auch geben. Dem Typ vom Kiosk etwa?

Also gut. Auf in den Kampf. Beate hatte ihre sachliche Stimme angelegt. Er wurde panisch. So konnte man mit ihm nicht reden. Er legte gleich wieder auf. Aber das war auch nicht richtig. Schon spürte er das Grinsen auf dem Schimmelfleck rechts unten in der Ecke. Gott sei Dank blieb es leise. Und Beate rief auch gleich wieder an. Er war sehr geistesgegenwärtig und sagte, sie seien unterbrochen worden. Beate war jetzt besorgt. Sie glaubte ihm nicht und ihre Stimme war fast zärtlich. Erstaunlich, wo sie doch gerade auf Fortbildung gewesen war. Sie müsste eigentlich distanzierter sein. Distanz ist wichtig in der Sozialarbeit. Er hatte irgendwo ein einschlägiges Lehrbuch liegen. Na ja, jedenfalls konnte man so besser reden.

„Alles klar, sie kommen in einer halben Stunde", sagte sie.

„Ja, ich habe alle Zeitungen und Bücher sortiert. Stehen hier, in Kisten verpackt. Eine Kiste mit Flaschen. Eine mit dem Krempel vom Sperrmüll."

Beate war platt. Tja, er vermochte zu überraschen. Immer wieder war er erstaunt über die Macht der Sprache.

Er sagte: „Beate, diese Wohnung erkennst du nicht wieder." Und er hörte wie froh sie war, dass er die Kurve noch mal gekriegt hatte.

„Jupp, ich bin stolz auf dich", sagte sie.

„Aber ich habe immer an dich geglaubt. War es schwer?"

„Ach was", sagte er. „Nur alter Plunder. Jetzt kann ich mir was für die Fitness besorgen. Vielleicht so ein Tretgerät, du weißt schon. Ist richtig viel Platz hier."

Beate lachte. Es fiel ihr schwer mit ihm streng zu sein, sie mochte ihn. Sein Blick fiel auf die zusammen gefalteten Kisten, die unberührt in der Ecke standen.

„Also bis gleich", sagte er, „bring zwei starke Männer mit, es gibt einiges zu schleppen." Er goss den Kaffee in die Tasse, die er immer benutzte und zündete sich eine Zigarette an. Er zwinkerte den Jungs zu, die unsichtbar in den Ecken saßen. Damit hatten sie nicht gerechnet. Er war originell, er war charmant. Er hatte Beate den Morgen versüßt. Und er würde sich nicht von seinen Schätzen trennen. Liebevoll streichelte er den zerkratzten Kinderschreibtisch, dem nur ein Bein fehlte. Er stand rechts hinten in seinem Wohnzimmer. Sie wohnten schon einige Jahre zusammen. Wie oft schon hatte er sich ausgemalt, was er aus ihm machen würde.

Beate wollte nicht verstehen, dass man so streng nicht sein durfte mit den Dingen – sie nur nach Nützlichkeit und Aussehen beurteilen. Das ging an einem wichtigen Aspekt glatt vorbei. Dieser Schreibtisch war Aufhänger für viele Gedanken und Träume. Er war ein Anlass aufzustehen, weil man Farben für ihn besorgen musste, um ihn zu retten. Die Farben hatte er auch schon, sie lagen irgendwo da hinten, unter den alten Geoheften, die jemand kistenweise vor die Tür gestellt hatte. Beate ließ sich doch selbst von Worten glücklich machen – und da sollte er keine Dinge haben zum Ansehen und Träumen?

Der Schimmelfleck in der Ecke schien zu wachsen. Eine Wolke schob sich vor die Sonne vor dem Dachfenster. Gleich wurde es dunkler. Das Grinsen wurde zusammen mit dem Fleck größer. Nun grinste auch eine der Kritzeleien auf dem Schreibtisch. Und da war die Stimme: „Es wird enger", sagte sie kalt. „Heute kriegen wir dich."

Er ging ins Bad. Sie kannten ihn noch nicht wirklich. In seinen Kopf kamen sie nur abends und seine Ideen hatte er morgens. So konnte er einen Vorsprung gewinnen. Er setzte sich auf seinen Stuhl und wartete. Er döste vor sich hin. Ein Kind hatte an dem Schreibtisch gesessen. Er würde ein Kind malen. Dahinten irgendwo lag eine alte Staffelei. Und ein ganzer Satz Pinsel. Ein Kind mit großen braunen Augen. Man würde sein Talent schon noch entdecken. Auch schreiben konnte er. Er hatte Talent, das hatten alle schon immer gesagt.

Als es klingelte bewegte er sich nicht.

Beate hatte keinen Schlüssel. Sie hatte ihm vertraut. Pech gehabt. Er wollte noch ein bisschen Zeit schinden. Er wusste, dass sie ihn wegbringen würde, weil dieses Zimmer immer noch so aussah, wie immer. Er würde hierher nicht mehr zurückkommen. Und das hieß, dass sich die Spione hier umsonst eingenistet hatten. Er schlug ihnen ein Schnippchen. Er würde einfach weggehen. An einen sauberen Ort. Damit rechneten sie erst recht nicht. Aber diese paar Stunden wollte er noch bei seinen Sachen sein. Den gebastelten Weihnachtssternen, dem zerbrochenen Räuchermännchen, dem alten Schulfüller, den Kerzenresten, dem ganzen konservierten Leben.

Beate tobte an der Tür. Bettelte, schrie, flehte und drohte schließlich. Nun blieb ihr nichts anderes übrig, als ihre Drohung wahrzumachen.

Jupp lehnte sich zurück. Den Blick auf die Uhr gerichtet. Beate brauchte außerhalb des Berufsverkehrs mindestens eine Stunde zum Büro des Hausmeisters und wieder zurück.

Als es nur eine halbe Stunde später schon wieder an seiner Tür klopfte, wäre er beinahe vom Stuhl gefallen. Das konnte nicht Beate sein. Unmöglich. Das musste wieder so ein Trick von ihnen sein. Er schloss die Augen. Jetzt klopfte es wieder – und bei genauem Hinhören war schon klar, dass das nicht eine wütende Beate war. Außerdem hätte sie ja inzwischen einen Hausmeister und einen Schlüssel dabei. Das Knarzen seines Stuhls hatte dem unbekannten Besucher wohl verraten, dass jemand zu Hause war. Es klopfte gleich nochmal und eine Männerstimme fragte „Ist jemand da?"

Jupp stand auf und machte die Tür auf.

„Volker?", schrie er entsetzt und schlug die Tür wieder zu.

„Nein, ich bin Hiob", sagte Hiob durch die Tür. „Volker ist mein Vater."

Stimmt, stimmt, stimmt. Volker war seit Jahren nicht mehr so jung.

„Nun mach schon auf!", kam es jetzt etwas nachdrücklicher durch die Tür. Da gehorchte Jupp. Öffnete und trat zur Seite um den jungen Mann hereinzulassen. Schloss die Tür wieder und ging an ihm vorbei ins Zimmer. Er ging ans Fenster, das kleine, in der Küche. Man konnte gerade mal zwei Meter bis zum Nachbarhaus sehen. Es war düster draußen. Fast schon wieder dunkel. Es braute sich wohl was zusammen. Er liebte dieses Höhlenwetter. Jetzt katapultierte es ihn in die Höhlentage vor zwanzig Jahren zurück.

Kristina! Damals war es auch so heiß gewesen. Ein unglaublich heißer Sommer Anfang der achtziger. So lange hatte er nicht mehr an sie gedacht. Ihre Zartheit und Unentschiedenheit. Sie war immer zu beeindrucken gewesen. Sie war wissbegierig. Alles, was er sagte, saugte sie auf. Alles andere, was er ihr geben konnte, auch. Ihr ganzer Körper schien sich nach ihm auszustrecken und ihn auszusaugen. Und es gab wohl nichts Schöneres, als in ihren magischen Körper zu zerfließen. Tee hatten sie getrunken. Auf dem Boden gesessen. Sie, immer ein Buch in Reichweite. Ein Riesenpuzzle lag in der Ecke. Manchmal lagen sie auf dem Bauch nebeneinander und puzzelten. Manchmal erzählte sie ihm, was sie gelesen hatte. Kant zum Beispiel. Sie war fasziniert von seinen Texten. Er war fasziniert von ihrem Ernst. Und dann fuhr er mit den Augen die Linie ihrer Nase nach, streichelte die Falte, die sich zwischen ihren Augen bildete. Bis sie das Buch in die Ecke warf. Ja, warf! Den wertvollen Kant! Und sagte: „Scheiße, ich bin dir verfallen. Ich will für immer mit dir hier sein. So soll es ewig sein. Die Zeit soll stehen bleiben – und sie küsste ihn und fiel wie eine Verhungernde über ihn her. Ja. Und meist war es nicht das erste Mal am Tag. Ja. Er liebte ihren Namen, hauchte ihn in ihr Ohr. „Krist" – wie Kristall, klar, scharf, eisig und brillant klang er ihm und dann das besänftigend zarte „ina", wobei er das „aah" ganz lang in einem sehnsuchtsvollen Seufzer enden ließ.

„Kann ich ein paar Tage bei dir wohnen, Onkel Josef?"

Wer war das denn? Ja. Hiob. Es galt ein paar Gedanken zu sortieren.

„Also du siehst ja, wie's hier aussieht. Kann mir das nicht vorstellen", brummte er.

„Das macht mir nichts aus", sagte Hiob. „Ich weiß im Moment nicht wohin – ich könnte auch ein bisschen aufräumen. Und mich da hinten in die Ecke legen zum Schlafen.

Aufräumen war ja als Stichwort nicht schlecht. War Hiob ein Trumpf gegen Beate, mit dem sie nicht gerechnet hatte? Aber er wollte ja weg. Er musste weg. Jetzt mehr denn je. Schon hörte er es an der Ecke schreien: Er ist da. ER wird dich umbringen! Sie hat ihn geschickt. Er ist böse! Und aus dem Bad kam ein Kichern. Er war so gut wie tot. Tot – tot - tot. Die Erinnerung an Kristina war zu viel. Damit war eine Schleuse geöffnet, die er nicht ertrug. Er wusste es. Zerfließen – zu oft kam zerfließen, auslaufen, hineinfließen in seinen Gedanken vor. Einer von ihnen beiden würde in sein Blut fließen und seinen Körper verlassen an diesem Abend. Beate musste ihn schnell hier rausholen. Diese Einsicht brachte einen Moment an Entspannung und Klarheit in diesen düsteren, bedrohlichen Nebel. Er fror – holte sich den Wintermantel vom Haken. „Hiob", sagte er mit ruhiger Stimme. „Ich werde gleich abgeholt. Hier sind die Schlüssel. Irgendwo wirst du ein Kärtchen von meiner Sozialarbeiterin finden, die Beate heißt. Ich musste es gut verstecken, damit sie es nicht finden. Ruf sie an. Sie wird dir manches erklären können. Bleib ruhig hier. – Und wenn sie mir Medikamente geben, können wir uns vielleicht auch mal irgendwie verständigen und Dinge mitteilen. Geld hab' ich keines. Glaube ich. Wenn doch, nimm es." Er setzte sich auf den Stuhl. Hiob stand immer noch verloren da. Keinen einzigen Schritt hatte er getan, seit er in die Wohnung getreten war.

„Ehm – und lebt deine Mutter noch?", traute sich Jupp zu fragen, weil er wusste, dass Beate gleich da war.

„Ja, klar. Wieso denn nicht?", sagte Hiob mit Volkers Stimme.

Keine Ahnung, keine Ahnung. Beate, rette mich, rette mich, dachte es in ihm nur noch. Er könnte sich schon mal die Schuhe anziehen. Draußen schien die Sonne jetzt wieder. Es musste heiß sein. Ein Sonnenstrahl fiel auf sein Küchenmesser und reflektierte in sein Auge. Kristallklar. Kristina, brillant, blitzen, schlitzen, sagte es in ihm.

Kristina. Es war ein heißer Sommer gewesen. Sie hatte fast nichts an, nur ein ärmelloses geripptes Unterhemd – mit nichts darunter. Er freute sich auf die Berührung ihrer festen Glieder, als ihre Stimme wie dieses Messer in sein Herz fuhr.

„Ich habe Volker wieder gesehen", sagte sie. „Wir werden heiraten." Der Schnitt ging mitten durch ihn durch. Sein Herz blutete und nichts hatte den Fluss gestillt seither. Es blutete in ihn hinein und er würde daran sterben. Außer - wenn vielleicht dieser Junge ein Zeitloch war. Er war damals sozusagen entstanden - seine Idee - denn klar wollten die beiden Kinder haben - und wenn er diese Idee auslöschte, dann könnte er an den Anfang zurückkehren. So funktionierten doch Zeitlöcher.

Ihm war schwarz geworden vor Augen und er hatte kaum noch Luft bekommen. Und sein Leben war aus.

Sie war nicht geblieben, um ihn zu trösten. Sie hatte nichts erklärt und was hätte das auch geändert. Schlimm war, dass alles, was vorher gewesen war, auch vergiftet wurde. Schlimm war, dass das Leben nicht biologisch aufgehört hatte.

Und dieser Schmerz – war es dieses Messer gewesen, das sie ihm ins Herz gerammt hatte? War es dieser Junge gewesen, der ein Jahr später geboren wurde, der nicht ihn als Vater gewollt hatte, sondern seinen sauberen, heiligen Bruder? Wenn er weg wäre, dann würde wie in einer Zeitblase alles zusammenfallen, was geschehen war, seit dieser Junge mit seinen Wünschen eingegriffen hatte. Sie wären wieder da in seinem Zimmer und er würde es endlich sagen, dass ER Kristina wollte, für immer. Dass ER mit ihr aus diesem Zimmer hinaus wollte in die Welt: es allen sagen, sie vor aller Augen heimführen wollte – oder so. Die Struktur der Zeit war nicht linear, das war klar. Er musste nur den Ursprung dieser verrückten, zerstörerischen Seifenblase zerstechen, die seit zwanzig Jahren nur Unglück und Verderben gebracht hatte. Kristina – ich habe dich verraten – ich war es. Er würde alle Schuld auf sich nehmen. Und seine Hand griff nach dem blitzenden Messer. Dafür hatten sie ihm also befohlen, dieses Messer zu pflegen, zu hüten, zu putzen, zu schärfen.

Ein Klopfen riss ihn erneut zurück. Das war Beate. Mit Schlüssel. „Jupp mach auf", sagte sie. Ernst und ein bisschen traurig, fast schon zärtlich, schien es ihm.

„Junge, geh in die Küche", sagte er leise und ging zur Tür.

„Es ist gut, dass du kommst", sagte er laut zu Beate. Er öffnete die Tür, nahm sie bei der Hand und ging mit ihr zur Treppe. „Ich hab ihnen ein Schnippchen geschlagen", fügte er grinsend hinzu. „War knapp."

# HEUTE NICHT

„Deine Ängste, deine Ängste", hatte er immer wieder gesagt „deine Ängste werden noch einmal alles zerstören."

„Sprich heute nicht davon", sagte sie. „Ich habe sowieso genug damit zu tun."

Wie immer lag sein Hut auf dem Holzfußboden auf der Veranda. Es war ein Zeichen. Ein Zeichen dafür, dass alles in Ordnung war. Alles in Ordnung, alles wie immer.

Absurd in einem Zustand, in dem nichts in Ordnung war, von Ordnung zu reden. Ihrer beider Welten zerfielen vor ihren Augen. Etwas Neues wuchs, war aber noch nicht greifbar. Sollte man da keine Angst haben?

Er war alt. Und sehr erfolgreich. Er hatte sie entdeckt. Bei einem Kongress. Sie war einen Gang entlanggegangen. Ein Schal lag auf dem Boden. Tische standen an der Wand. Sie war in Gedanken ganz woanders gewesen, hatte gedankenverloren den Schal aufgehoben, sich über das satte Rot der Rosen auf lachsfarbenem Hintergrund gefreut. Hatte die zarte, schmeichelnde Seide auf der Haut gefühlt. Ihn sah sie erst, als sie direkt vor ihm stand und ihm das Tuch fast auf den Schoß gelegt hätte. Er saß da auf dem Tisch, als wäre er eben aus dem Nichts aufgetaucht.

„Das war wunderbar", sagte er. „Eine solche Anmut habe ich noch nicht gesehen." Er war wirklich schon alt.

Aber seine Augen waren so klar und scharf – wie ein liebevolles, zärtliches Messer.

„Ich möchte mit Ihnen arbeiten", sagte er. „Jetzt sofort am besten."

Sie war verunsichert. Genauer gesagt, sehr verwirrt. Sie kannte diesen Mann nicht und er wusste doch alles von ihr, so schien es. Sie konnte von seinem Blick nicht lassen. „Gehen wir doch!", sagte er.

„Du wirst doch vor so einem Greis keine Angst haben", sagte sie zu sich selbst. „Du bist jung und stark, was gibt es zu verlieren?"

Nun, es gab da schon etwas. Daran dachte sie aber gerade nicht. Es war ihr entfallen, dass sie Familie hatte und all das. Also gingen sie. Am Eingang wurde er angesprochen. Mit Professor. Den Nachnamen verstand sie nicht. Später verstand sie, wie ungeheuerlich es von ihm gewesen war, einfach zu gehen. Bestimmt die Hälfte der Leute war nur wegen ihm da.


Sie fuhren in dieses einsame Ferienhaus, wo sie sich von da an täglich trafen. Und er arbeitete mit ihr.

Er sah sie an und sprach mit ihr.

Dabei fotografierte er sie. Mal nackt, mal angezogen.

Hinterher sprachen sie über die Fotos: Sie sprachen über Haltungen – über Äußeres und Inneres und wie das eine das andere verändert. Dem aufmerksamen Gegenüber entging nicht die leiseste Regung ihres Gesichts. Sein Facettenauge fand immer neue Facetten in ihr, falls es so etwas gibt. Und seine Kamera hielt sie fest. Sie wurden Wirklichkeit und waren dann auch in ihr wirklich. Wo sie aber vorher gewesen waren, wusste sie auch nicht.

Sie wusste nur eins: Sie lebte nur auf diese Stunden hin.

Alles andere zerfiel. Es störte sie nicht.

Dabei wuchs auch ihre Angst.

Es war ein Tag im Mai, als sie etwas später kam. Sie wusste, er war schon seit dem frühen Morgen da und arbeitete an ihrem Bildband. Es sollte etwas ganz Besonderes werden. Sie trat auf die Veranda. Dort lag sein Hut. War er da? Irgendetwas war anders als sonst.

Da lag ein Zettel.

„Heute nicht", stand darauf.

Da wusste sie, dass sie nicht umsonst Angst gehabt hatte.

Jetzt stand sie vor einem absoluten Nichts.

Sie drehte sich um und ging nach Hause. Setzte sich ans Fenster und hörte und sah nichts.

Im Ferienhaus lag ein alter Mann und starb.

Ein Schlaganfall hatte ihn mitten in der Arbeit getroffen. Er hatte Bildunterschriften ausprobiert. Eine davon hatte der Wind auf die Veranda geweht.

# HASTA LA VISTA, QUERIDA!

Später am Abend würde im Protokoll der Polizei stehen, dass Pia Cimander das Haus an diesem 17. November um achtzehn Uhr verlassen hatte, um mit ihrer Freundin Hilde einen Spanischkurs der Volkshochschule zu besuchen. Dass Harry, ihr Vater, ihr ein gut gelauntes „Tschüss, mein Schatz", hinterhergerufen hatte, würde keine Erwähnung finden. Auch nicht, dass Pia ihr Skateboard unter dem Arm gehabt hatte, mit dem sie eine gute halbe Stunde bis zur Schule brauchte. Draußen war es stürmisch und kalt und schon seit fast einer Stunde dunkel. Für den Abend war Regen angesagt. Deshalb hatte sie sich eine Regenjacke und ihren Regenschirm rausgelegt. „Typisch", hatte Harry gedacht, als er später an der Garderobe vorbeigekommen war und gesehen hatte, dass beides noch unberührt da lag. Wenn es tatsächlich in Strömen regnen sollte, würde er zur Schule fahren und sie abholen.

In einem anderen Stadtteil der Kleinstadt in der Wetterau machte sich noch jemand bereit für den Spanischkurs. Er allerdings vergaß die Regenjacke und den Regenschirm nicht. Und auch nicht das Klebeband und nicht die dunkle Nylonstrumpfhose. Er war sehr übel gelaunt an diesem Abend. Es würde ihm schwerfallen zu tun, was er geplant hatte. Aber es musste sein. Es war ja auch nichts Schlimmes. Dieses Gör, das ihn mit ihren langen blonden Haaren und den langen Beinen in den Wahnsinn trieb, hatte eine Lektion verdient. Sie war hochmütig – sie hatte über ihn gelacht. Sie würde es überall herumerzählen und ihn lächerlich machen. Sie und ihre hässliche, dicke Freundin. Sie hatte alle Chancen gehabt. Jetzt hatte sie es sich selbst zuzuschreiben. Es war das Spanischbuch und sein Schreibzeug, das er beinahe liegen gelassen hätte. – Aber nur beinahe eben.

Manfred konnte sich auf sich selbst verlassen. Hoffentlich auch auf Kai, seinen neuen Freund. Vor drei Wochen, als er nachts um drei allein durch Altsachs, das Frankfurter Kneipenviertel, getigert war, war ihm sein überdimensionaler Körper praktisch vor die Füße geworfen worden. Blutig geschlagen. Kaum in der Lage aus den geschwollenen Augen zu blicken. Hatte ihn angefleht, ihn hier wegzuschaffen, bevor die Polizei käme. – Er sei auf Bewährung, hatte er erzählt. Und Manfred hatte ihn zu sich nach Hause gebracht, gepflegt – und sich all die Geschichten von Mord und Totschlag angehört. Dass er auf Bewährung frei war, wollte er ja noch glauben, aber die Geschichte von dem Mord? - Und dass er das Blut und das langsame Sterben seines Gegners, der ihn bis aufs Äußerste gereizt hatte, als wohligen Schauer erlebt hatte? – Egal – er nahm die Freundschaft dieses jungen Menschen, der doppelt so groß und schwer war, wie er selbst, wie ein unverdientes Geschenk in seiner Einsamkeit an, und freute sich auf Unterstützung für heute Abend.

Pia traf sich mit Hilde immer eine halbe Stunde bevor der Kurs begann. Sie hockten auf einer Mauer vor der Schule und besprachen alles. Sie redeten beide praktisch pausenlos. Hauptsächlich über Jungs aus der Schule.

„Guck mal", ich hab' die Karte mal mitgebracht", sagte Pia und zog eine Ansichtskarte aus Spanien aus ihrer Umhängetasche. „Und da unten hat er das hingekritzelt: „Hasta la vista, querida" – und weißt du, was „querida" heißt? Das heißt Geliebte!"

Und während sie die Schrift noch einmal eingehend studierte, fügte sie hinzu: „Der ist ja sowas von merkwürdig, der Typ. Eklig. Mit den fettigen, dünnen Haaren."

„Ja, und wie der dich immer anguckt. Ich schwöre, mit dem kannst du machen, was du willst. Wenn du ihm bisschen von deinem Ausschnitt zeigst."

Und dafür war Pia genau richtig angezogen. Trotz der Kälte trug sie ein hautenges, kurzärmeliges T-Shirt mit tiefem V-Ausschnitt. Hilde warf einen Blick auf die Uhr.

„Wir müssen los", sagte sie. Und sprang von der Mauer. Pia musste etwas vorsichtiger sein. Sie trug eine schwarze Strumpfhose und darüber einen Minirock. Sie wollte sich keine Laufmasche an der Mauer holen.

Eineinhalb Stunden langweiligstes Spanisch lagen vor ihnen, bevor das Abenteuer wartete, auf das sie sich Woche für Woche freuten.

Als der Unterricht aus war, drückten die beiden sich noch eine Weile im Unterrichtsraum herum. Packten die Bücher in die Tasche, packten sie wieder aus. Behaupteten, sie passten nicht rein. Holten den Lippenstift raus, zogen umständlich die Lippen mit greller Farbe nach, überprüften im Taschenspiegel, ob alles in Ordnung war. Bis endlich der Letzte den Raum verlassen hatte. Sie gingen zur Treppe, ein Stockwerk tiefer und verschwanden im dunklen Gang. Hier warteten sie bis Señora Baraja-Entonces den Raum abgeschlossen hatte und mit ihren Absatzschuhen und deutlichem Klack-Klack die Treppe runter, im Erdgeschoss leiser werdend, bis zur Tür gegangen war, die dann mit einem lauten Schlag verkündete, dass sie nun allein seien. Jedenfalls glaubten sie das.

Geschafft. Nur noch eine schwache Notbeleuchtung wies ihnen den Weg. Eine Stunde hatten sie Zeit, bis der Hausmeister seine letzte Runde machen würde und die Ausgangstüren abschließen würde.

Und los ging es ins Erdgeschoss. Hinter dem Lehrerzimmer führte links ein Gang in die Untiefen des Gebäudes. Eine Sackgasse, an deren Seiten die Türen zu den naturwissenschaftlichen Arbeitsräumen abzweigten. Ein Gang ohne Fenster, durch die Licht von draußen hätte einfallen können. Ein Gang, der so dunkel war, dass man tatsächlich gar nichts sah. Sie hatten es ausprobiert: Bei aller Anstrengung war nicht zu erkennen, ob Pia Hilde eine Hand zwei Zentimeter vors Gesicht hielt oder nicht. Am Ende setzten sie sich auf den Fußboden und erzählten sich geheime Dinge. Das war seit ein paar Wochen zu einem regelmäßigen Ritual geworden. In der Dunkelheit ließ sich noch weitaus Intimeres austauschen als sonst. Beide ließen dienstags ihre Handys zu Hause, damit sie gar nicht die Möglichkeit hatten, hier Licht zu machen, damit niemand sie anrufen konnte oder lästige Nachrichten sie ablenken könnten. Das machte es noch ein wenig gruseliger. Sie erzählten von ihren geheimsten Träumen und Ängsten ins schwarze Nichts.

Was sie nicht wussten war, dass sie schon länger einen stillen Mithörer hatten, der sich die absolute Finsternis ebenfalls zunutze machte. Und der heute nicht alleine gekommen war.

Pia spürte die feuchte, warme Hand von Hilde in der ihren. Langsam, Schritt für Schritt tasteten sie sich vor, als rechneten sie jeden Moment damit, dass eine Mauer aus dem Nichts auftauchen könnte.

„Er hat mich die ganze Zeit angeguckt, hast du das gesehen?", fragte Pia.

„Ja, klar. Das war doch nicht zu übersehen. Der hat überhaupt nicht zugehört. – Wusste keine Antwort. Poh, wie kann man so bescheuert sein?"

„Pscht, sei mal still, ich meine ich hätte grad' was gehört."

„Was willst du hören? Vielleicht ein Geräusch von der Heizung?"

„Nein, als ob da jemand hinter uns wäre."

„Oh ja – das glaub ich auch. Vielleicht ist er das? – Vielleicht will er uns vergewaltigen?"

„Hör auf – das macht mir Angst."

„Dafür sind wir doch hier, oder? – Bisschen Gruseln hat noch keinem geschadet."

„Aber wenn er wirklich hier ist?"

„Dann treten wir ihm in die Eier. Da fallen die Männer um, hat mein Papa gesagt. Ich soll da keine Hemmungen haben, wenn mir mal ein Mann zu nahekommt."

„Da wieder – da ist jemand! Das war Kleidung, die raschelt ganz leise. Verdammt – ich will jetzt weg. Mir reicht's."

„Hab dich nicht so. Bis zur Wand – und dann gehen wir zurück, ok? Ich hab' nichts gehört."

Tatsächlich standen Kai und Manfred am Anfang des Ganges. Einen einzigen Schritt hatten sie in Richtung der Mädchen getan. Manfred hatte die letzten Male, als er den beiden gefolgt war, immer hier gewartet. Keinen Schritt weiter war er gegangen. Jetzt spürte er die Enge des Ganges. Und die Wärme von Kais mächtigem Körper, der direkt hinter ihm stand. Sehen konnte er nichts. Und das war viel schlimmer als er es sich vorgestellt hatte. War das hier eine Grabkammer? Roch er Tod? Roch er Blut? Moder? Es zog ihm das Herz zusammen.

Sein Mund wurde trocken. Die Stimme von Pia klang sehr weit weg. Sie klang eisern, wie von draußen – und sie lachte hysterisch. „Er ist so lächerlich. – Ich bin sicher, er ist da und er macht sich vor Angst in die Hose. – Soll er kommen. Ich habe etwas für ihn." Und dann wieder dieses hysterische Lachen.

Es war als könnte sie seine Angst riechen. Sie roch ihn und fühlte die winzigen Luftbewegungen seines Zitterns. Wie ein unsichtbares Band zwischen ihnen. Sie hielt sich an Hilde fest. Hatte sich an sie gedrückt und redete und redete – sie wusste nicht, ob in die Freiheit oder in ihr Ende hinein. Nur dieser Stillstand. Das Warten, auf ein Zeichen – ein Wort, eine klärende Bewegung oder Berührung war noch unerträglicher.

„Ich bin nicht ohne Schutz hier reingegangen", sagte sie jetzt. „Ich habe ein Messer hier. – Und ich weiß es zu benutzen."

Am anderen Ende des Ganges schob Kai Manfred sanft vorwärts. Ihm machte das Dunkel nichts aus. Aber in Manfred kam eine Erinnerung hoch, die er fast dreißig Jahre erfolgreich unterdrückt hatte. Auch jetzt konnte man nicht wirklich von einer Erinnerung sprechen. Sein Körper allein war es, der die Situation wieder spürte. Eingesperrt in einem Keller. Schmerzen von Schlägen am ganzen Körper und die Angst für immer vergessen zu sein. Die Zeitlosigkeit – nicht zu wissen, ob Stunden oder Tage vergangen waren. Nichts mehr um daran zu denken. Wände, die näher kommen. Geräusche von anderen Wesen oder Einbildungen in nächster Nähe. – Sein Denken war ausgeschaltet. Er wusste nicht mehr, warum er hier war. Er ließ sich von Kai schieben. Denn wenn er den Mund geöffnet hätte, wäre ein Schrei herausgekommen. Er hatte nicht bedacht, dass er den ganzen Weg in den Gang gehen musste. Er war so auf Pia fixiert gewesen. Seine süße Beute.

Pia und Hilde waren still geworden. Die Schritte, die langsam näherkamen, ließen sich nicht mehr weg reden. Spannung und Angstschweiß lagen in der Luft. Die ihnen fast wegblieb.

„Hast du echt ein Messer", flüsterte Hilde so leise wie möglich.

Pia schüttelte fast unmerklich den Kopf.

Kai hatte inzwischen zu ahnen begonnen, was mit Manfred los war. Er hatte ihn zur Seite geschoben und die Führung übernommen. Um für seinen Freund zu erledigen, wovor er offensichtlich zurückschreckte.

Inzwischen war Harry losgefahren, um seine Tochter und ihre Freundin von der Schule abzuholen. Es goss wie aus Eimern. Selbst die zwei Meter bis zu seinem Auto reichten, um ihm das Gefühl zu geben, völlig durchnässt zu sein. Er fuhr durch die Dunkelheit. Das Radio laut aufgedreht. Kein Auto kam ihm entgegen. Die schmale Landstraße schien doppelt so lang wie sonst. Er konnte nur langsam fahren – die Scheibenwischer schafften es kaum winzige Sichtfenster in den Regen zu schneiden.

Manfred atmete auf, als er etwas Luft von hinten spürte, und folgte nun Kai, der langsam, aber unaufhaltsam vor ihm ging. Er setzte die Füße absichtlich laut auf, denn er war sich der Wirkung dieses unaufhaltsamen Näherkommens durchaus bewusst.

„Wer ist da?", frage Hilde jetzt. Sie musste etwas sagen, um zu hören, dass sie noch lebte.

Ihre Laute katapultierten Manfred noch weiter zurück in die Vergangenheit. Ganz früher, da war er nicht alleine gewesen in der Kammer. Neben ihm hatte seine kleine Schwester gesessen. Sie konnte nicht sprechen. Vielleicht war sie zu sehr geschlagen worden und deshalb blöd geworden? Man wusste es nicht. Aber er rastete aus, wenn jemand sie anrührte.

Deshalb bekam er das meiste ab. Und es war ein Wunder, dass er es überlebte. Zu zweit hatten sie da gesessen. Und er hatte ihre Hand in der seinen. Spürte ihren Atem und das Schlagen ihres kleinen Herzchens. Das hielt ihn zusammen.

„Na ihr beiden", sagte Kai jetzt. Er ließ seine tiefe Stimme noch etwas tiefer klingen. Und seine Hand lag auf der Schere in seiner Tasche.

„Wisst ihr, was ich hier in der Hand habe?" - Er machte eine Pause. Nur das Atmen war zu hören. Eine dumpfe Hoffnung nicht gefunden zu werden, ließ die beiden ganz klein in der Ecke zusammenschrumpfen. Eng aneinander gedrückt.

„Es ist etwas zum Schneiden, soviel kann ich euch verraten. Und was schneide ich damit wohl? Vielleicht als erstes Mal euch auseinander, hm?" Er lachte. Er nahm nun das Klebeband aus der Tasche. Zog ein Stück auf und schnitt es ab. Klebte es an seine Jacke von außen, damit er schnell dränkäme.

„So ihr Süßen, jetzt seid ihr gleich mein. Wer sich wehrt, wird verletzt, versteht ihr?"

Er hatte jetzt die Schere so in der Hand, dass er jederzeit damit zustechen konnte.

„Nimm das Messer", sagte er zu Manfred. Der wie ein Roboter in seine Tasche griff und sein Küchenmesser heraus zog. Für alle Fälle hatte er es eingesteckt. Es war ein kleines kurzes Messer, denn Manfred wollte niemandem weh tun. Und er hasste Blut. Aber Kai hatte gesagt, es müsse sein. Nun war es in seiner Hand. Und er spürte Wut. Endlich einmal spürte er richtige unbändige Wut auf das hysterische Lachen seiner Mutter, das wieder an sein Ohr drang. Sie hatte die Kleine geschlagen bis sie sich nicht mehr rührte, wenn sie nicht funktionierte. Und nie hatte er etwas dagegen tun können.

„Bitte lass uns gehen", sagte Hilde flehend. „Wir haben doch niemandem was getan."

„Doch", sagte Kai, „ihr macht euch lustig – ihr lacht über jemanden, der ein guter Mensch ist. Ihr seid eingebildet und blöd zugleich." Und er griff mit der linken Hand in die Richtung der Stimme – die rechte mit der Schere erhoben.

Genau in dem Moment kam Harry an der Schule an. Alles war dunkel. Es regnete in Strömen. Unmöglich, dass die beiden sich auf den Weg gemacht hatten, dachte er. Sicher hatten sie sich untergestellt und warteten bis das Schlimmste vorbei war. Er fuhr langsam am Eingang vorbei. Niemand zu sehen. Er hupte. Nichts rührte sich. Das Gebäude war stockfinster. Außer dem überdachten Eingang gab es nichts, wo man Schutz vor dem Regen hätte finden können. Ein alter Fiat stand verlassen auf dem Parkplatz. Vielleicht hatte Hildes Bruder die beiden abgeholt? Blöd, dass sie ihr Handy vergessen hatte. Er drehte um und fuhr wieder nach Hause.

Kai hatte inzwischen Pia am Arm, die im Dunkeln gegen ihn trat.

„Es reicht, Kleine", sagte er und griff mit einer Hand nach ihrem Hals, die Schere war auf dem Boden gelandet. Mit beiden Händen drückte er zu. Ihre Stimme wurde schwächer, sie röchelte nur noch. Und Manfred, der unbewegt hinter ihm gestanden hatte, spürte, dass jetzt der Moment gekommen war, um etwas Richtiges zu tun. Er hob das Messer und stach auf Kai ein. Aufs Geratewohl ins Dunkel. Blut lief – kein Schrei, nur ein Stöhnen. Und Pia, die wieder atmete. Atmete, wie seine Kleine damals. Immer noch war nichts zu sehen. Aber warmes Blut verband alle vier. Manfred griff in seine Tasche und knipste die Taschenlampe an. Entsetztes Schweigen in schreckgeweiteten Augen - stockender Atem. Manfred stieg über Kai, der ohnmächtig am Boden lag, ohne ihn zu beachten und nahm Pia in den Arm, die es geschehen ließ.

„Wir müssen Hilfe holen", Hilde war die Einzige, die Kai ansah. Manfred rührte sich nicht. Pia weinte leise.

„Hast du ein Handy?", fragte Hilde. Er nahm es aus der Tasche, entsperrte es und reichte es ihr. Dann strich er mit der Hand zart über Pias Kopf. Und sie weinte und weinte – und spürte durch die Tränen, seine Schutzlosigkeit, seine Herzensgüte, seine Angst und begann ihn zu lieben wie einen großen Bruder.

## TU - WORT

Er hatte die Kapuze tief ins Gesicht gezogen. Er wollte niemanden sehen und mit niemandem reden. Schwarzes Kapuzenshirt. Enge Jeans. Chucks. Wie immer. In der Garderobe hing ein Spiegel, mit dem er keinen Blickkontakt aufnahm. Schmale Schultern. Spindeldürre Beine. Jeder sah sofort, was mit ihm los war. Nichts. Kein Mumm in den Knochen. Vaters Worte. Keine Kraft, kein Widerstand. Mutter. Er selbst? Keine Ahnung. Wozu die Anstrengung, eine Meinung zu haben? Egal. Alles egal. Wenn es nur schon zu Ende wäre. Aber sich etwas antun? Nein. Soweit würde er nicht gehen. Abwarten. Ablenken. Filme gucken. Zocken. Was man so tut, halt. Ab und zu einen trinken gehen. Mit anderen, denen es auch nicht besser geht. Freunde - aus der Schule noch. Die nicht fragen.

Heute mal ein Termin zur Abwechslung. Seltsamer Termin, zugegeben. Meditatives Schreiben. Warum er da hinging? Mutter zuliebe. Sie hatte es mit ihm ausgehandelt. Versprach sich was davon. Kannte die Dozentin wohl. Dafür würde sie dem Vater nicht alles erzählen. Deal halt. Na gut. Eine Stunde. Kostete ihn nichts. Warum nicht?

Stift und ein Schulheft hatte die Mutter in seinen Rucksack getan. Geld für die Fahrkarte hatte sie ihm auch gegeben. Peinlich. Er war 28. Er war erwachsen. Aber das sah man nicht. Er fühlte es auch nicht. Es stand auf dem Papier.

Heute Dienstag. Erster Tag. Meditatives Schreiben also. Zehn Tage lang, hatte Mutter bezahlt. Für ihn. Weil sie es unbedingt wollte.

Er kannte das Haus. Es war groß und anonym. Sieben Menschen waren gekommen. Alle älter als er. Ein Mann noch, sonst nur Frauen. Sie saßen auf dem Boden im Kreis auf Kissen. Duftkerzen. Gong. Schneidersitz. All dieser Firlefanz. Er ließ es geschehen. Tat ja nicht weh. Zeit verging. Er wurde älter. Zeitvertreib.

Dann am Tisch sitzen. Stift raus. Papier drunter.

Und sie sagte was, womit er nicht gerechnet hatte.

„Ich erzähle euch eine Geschichte aus meinem Leben", sagte sie. „Ich war noch ziemlich jung. Ein Teenager. Fünfzehn vielleicht, da fand ich in einer Zeitschrift meines Vaters eine eigenartige Geschichte mit dem Titel „Der Tag, an dem ich geboren wurde." Sie war merkwürdig, weil vom ersten Satz an klar war, dass nichts Großartiges geschehen war im Leben des Autors. Er war auf eine Wiese gegangen. Hatte dort ein paar ungewöhnliche Bewegungen gemacht – und die sollten sein Leben verändert haben? Ich war, wie gesagt, jung und hatte an diesem Nachmittag nichts vor. Ich war neugierig und ich nahm das Heft mit dem Artikel und machte einen Spaziergang. Ich ging zu einem Platz, der mir schon immer irgendwie magisch vorgekommen war. Eine große Wiese vor einer Pferdekoppel. Der Platz war rundum von Bäumen umgeben und von kleinen Hügeln, sodass von dort aus kein Haus, keine Straße zu sehen war. Obwohl es nicht weit war zum nächsten Ort. Hier folgte ich den etwas schrägen Anweisungen des Artikels. Es ging, kurz gesagt, darum, etwas

Unvorhersehbares zu tun. Etwas, das nur ich bestimmte. Sowohl was als auch wann. Ich blieb also einfach auf dem Weg zur Pferdekoppel irgendwo stehen. Dann fragte ich mich, warum gerade hier? Warum nicht einen Schritt weiter vor? Und ich hob das Bein, um zu gehen. Und stellte es wieder ab. Warum gerade jetzt? Ich wartete eine Sekunde, zwei, und hob das Bein erneut. Diesmal setzte ich es beherzt ab, als wollte ich weiter gehen. Blieb aber wieder stehen. Einen Fuß nach vorne gestellt, der andere immer noch an seinem Platz. Ich wartete. Es gab überhaupt keinen Grund hier zu stehen. Keinen Grund so zu stehen. Aber eben das war der Reiz. Langsam hob ich meine rechte Hand und zeigte mit dem Finger in den Himmel. Niemand, nicht einmal ich selbst, hatte noch vor wenigen Sekunden geahnt, dass ich das tun würde. Das war Freiheit – in ihrer reinsten Form – es gab nichts, was in meiner Vergangenheit oder in meinen Gedanken hätte vorhersagbar machen können, dass ich das tun würde. Allein ich hatte das entschieden. Spontan und frei. – Ich glaube, dieses Gefühl in diesem Moment, das versteht nur, wer es selbst ausprobiert hat. Man gewinnt in diesem Augenblick einen Schatz, der einen ein Leben lang nicht mehr verlässt. Man versteht, was Freiheit bedeutet.

Und etwas davon möchte ich Ihnen in diesen zehn Tagen vermitteln. Wobei", hier machte sie eine längere Pause, „ich glaube, dass das Wunder und das Staunen mit Sicherheit heute am stärksten, unmittelbarsten und beeindruckendsten sein wird. Und machen Sie sich darauf gefasst. Sie gewinnen eine Kraft, die ihr Leben verändern kann."

Er hatte schon eine Weile kaum noch hingehört. „Laber-Pallaber", dachte er nur. „Gewinnen", „Kraft", „verändern", bei solchen Wörtern wurde ihm speiübel. Ja körperlich unwohl. Angst. Es verpasst zu haben. Er wollte das nicht. War er nicht genug? So wie er war. Atmen. Essen. Scheißen. Gut. Fertig.

Aber ok. Er nahm den Stift in die Hand. Das Blatt lag darunter. Irgendwas schreiben. Ein Wort. Ein Verb. Ein Tu-Wort. Hatte sie das extra für ihn gesagt? Hatte sie gesehen, dass er nicht mehr sicher war, was ein Verb genau war? Dabei hatte Frau Müller in der Grundschule so einen Wert darauf gelegt, dass sie alle in der Vierten schon die lateinischen Wörter lernten. Es hatte ihm Spaß gemacht neue Wörter zu lernen. Und es war ihm leichtgefallen.

Kein Stress. Sie hatten fünfzehn Minuten. Für ein Wort. Da konnte er in Ruhe noch ein bisschen an die Grundschule denken. Aber wozu? Er sollte ein Wort schreiben und die Sache wäre erledigt, er könnte noch ein bisschen dösen. Lange schon war er nicht mehr um zehn Uhr morgens irgendwo gewesen. Alles nur wegen dieser Frau, die ihn unter Druck setzte. Die seine Mutter war und ihn doch offensichtlich nur fertig machen wollte. Diese alte Hexe. Die sich besser mal um sich selbst kümmern sollte.

Sein Bleistift senkte sich und berührte fast das Blatt. „Nein. Ich schreibe, wann ich will", dachte er sich. Sein Blick traf den der Dozentin, die ihm aufmunternd zunickte. Es war so klar, was sie erwartete. „Nicht jetzt. Nicht gleich am Anfang", sagte es in ihm. „Ich täusche euch alle. Ihr könnt nicht sehen, was in mir vorgeht." Er hielt den Stift hoch. Und blickte woanders hin. „Ich könnte die Zeit bis zum Schluss ausschöpfen. Im letzten Moment, wenn sie da vorne schon denkt, ich boykottiere, mache gar nicht mit, trotze, weil ich geschickt wurde und gar nicht selbst hier sein will.

Aber nein. Ich lasse mich nicht von einem Plan bestimmen. Ich schreibe jetzt. Weil genau jetzt gar nichts Besonderes ist. Weder die Mitte, noch der Anfang noch das Ende der Zeit. Jetzt. Weil ich Lust habe. Weil ich will."

Und es fühlte sich ein bisschen an, wie der Sprung vom Dreimeterbrett im Schwimmbad, als der Bleistift sich fast von selbst senkte, das Blatt berührte und das Wort „hassen" schrieb. Er hatte Herzklopfen. Es war irgendwie aufregend. Ein Entschluss. Und es dann machen. Einfach jetzt. Weil jetzt gut ist. Er sah auf die große Stoppuhr. Sechseinhalb Minuten hatte er gebraucht. Jetzt stand da dieses Wort.

„Die zweite Übung ist praktisch das Gegenteil von der ersten", fuhr ihre Lehrerin fort. Wir nehmen uns wieder fünfzehn Minuten. Und ich bitte euch an einen Geschmack zu denken, der für euch mit Gefühlen verbunden ist. Ich zum Beispiel denke gerne an den Geschmack von Pflaumen-kuchen. Hefekuchen mit Streuseln und Sahne. Oder an Grünkohl. Egal. Geht in Gedanken zu diesen lieben Ge-schmackserinnerungen, verweilt einen Moment und zieht wei-ter zu der nächsten."

Er war schon wieder ausgestiegen aus ihren Worten, die ihn nur noch wie ein Rauschen aus der Ferne begleiteten. Mit dem Pflaumenkuchen hatte sie ihn ins Herz getroffen. Es war die Spezialität seiner Mutter. Und ihm wurde übel bei dem Gedanken daran. Er konnte an keinen anderen Geschmack mehr denken – höchstens noch den von herbem schwarzem Kaffee, ohne Zucker und ohne Milch. Ein angenehmer Kon-trast zu der Süße des Hefebodens, der Streusel und der Säure der Pflaumen. Es war ein ganzer Kosmos in diesem einen Ku-chenstück. Aber es war so schwer von Druck, von Fragen, leeren Worten, auf die man richtig antworten musste, um sie auszubremsen. Sonst gab es lange keine Ruhe. Letzte Woche erst, ...

Ein leiser Gong riss ihn in die Gegenwart zurück. „Und jetzt den Stift in die Hand", sagte sie mit strenger Stimme „und ein

Wort aufgeschrieben: ohne zu zögern, ohne nachzudenken, kein Zurück, bevor der Stift das Blatt beschreibt. Es ist nicht nötig vorher zu wissen, was der Stift schreiben wird. Los!"

Und sein Stift schrieb: „Niemals". Eigentlich hätte er noch „wieder" schreiben müssen. Aber das war ja nicht erlaubt. Am Ende der Stunde – hatten sie drei Wörter und drei Sätze auf dem Papier – spontan, unerwartet, überraschend.

Auf seinem Blatt stand: „Ich hasse sie.", „Ich gehe niemals zurück." Und: „Leben fängt an." Er hatte diese Sätze geschrieben, ohne sie zu verstehen. Als er sie am Ende der Stunde las, machte sich ein Lächeln auf seinem Gesicht breit. Das war also das Geheimnis der Gefangenschaft gewesen. „Hass", war ein Wort, das seine Mutter nicht zuließ. Man durfte etwas „nicht mögen", man durfte sogar „nicht wollen" aber klar war, dass man „liebhaben" sollte. Oder musste. „Hassen" war Tabu.

Er sah es erst jetzt ganz klar: Dieses Wort war der Schlüssel und deshalb war es verboten. Er hasste die Enge, den Geruch, die Dinge im Haus. Er hasste ihre Stimme, ihre Haare, ihre Hände. Ihre sanften Wörter vor allen Dingen. Dieses Gift im ganzen Haus – dieser Nebel über allem. Der einem den Atem nahm. Der verzog sich gerade. Er holte tief Luft. Sein Körper straffte sich. Und er widerstand dem Impuls sofort aufzustehen und als erster den Raum zu verlassen. Nein: er entschied, nicht das zu tun, was er immer getan hatte. Er blieb sitzen bis alle weg waren, einfach, weil er es wollte. Und er konnte auch entscheiden, wen oder was er ansah. Und er sah diese Frau an – die ihm Leben eingehaucht hatte. Es fiel ihm nicht schwer. Es war nicht schwer, jemanden anzusehen. Warum nur, hatte er es so lange nicht getan? Er hatte sich geschämt. Ja. Und nun? Kein Grund mehr. Er lächelte. Sie lächelte. „Bis nächste Woche", sagte sie. Und er? Sagte einfach nichts. „Bis nächste Woche", lag auch ihm auf den Lippen.

Klar. Aber er musste es deshalb noch lange nicht aussprechen.

Als er auf die Straße trat, wusste er, dass er sie nicht wieder sehen würde. Er fühlte in seiner Hosentasche, ob er ein paar Münzen für eine Tasse Kaffee finden würde. Und traf auf einen Zettel, der sich als hundert Euro Schein entpuppte. Wo war der denn her? Er musste mitgewaschen worden sein, hatte eine leichte Indigofärbung. Vielleicht noch von seinem Geburtstag vor zwei Wochen. Seine Patentante steckte ihm immer Geld zu. Seit Kindertagen hatte er es immer sofort in seine Spardose getan. Diesmal hatte er es offenbar vergessen.

„Du bist ein Zeichen", sagte er zu dem Geldschein. Faltete ihn vorsichtig auseinander und ging schnurstracks auf die Zeil. Zu H & M. Wie lange war er hier nicht mehr gewesen? Gestern noch hatte seine Mutter darüber geschimpft. Zu billig. Klebt Blut dran. Keine Qualität.

Er kaufte eine neue Hose. – In Rot. Ein T-Shirt mit senf- und petrolfarbenen Streifen, eine Kunstlederjacke. Und Haargummis. Als er bezahlt hatte, ging er auf die Toilette und zog sich um. Seine alten Sachen ließ er liegen. Mit dem Haargummi band er seine langen Haare zusammen zu einem Knoten. Im Spiegel blickte ihm ein anderer Mensch in die Augen. Einer mit klaren, strahlenden, blauen Augen. Mit einem Schalk und einem Leuchten im Blick. Mit roten vollen Lippen, um die ein Lächeln spielte. Ein junger erwachsener Mann.

Als er auf die Straße trat, war sein Gang federnd, leicht und unbeschwert.

Am Fenster eines Cafés in der Mitte der Zeil klebte ein handgeschriebener Zettel: „Freundliche Bedienung zur Aushilfe gesucht. Ab sofort." Er warf seinen Rucksack mitsamt seinem Handy in einen Abfalleimer neben dem Eingang. Er ging hinein, sagte, er könne gleich anfangen. Und weil wirklich Not am Mann war, konnte er auch gleich anfangen.

Es klappte hervorragend. Warum auch nicht? Am späten Nachmittag kam seine Mutter ins Café. „Entschuldigung", sagte sie zu dem Mann am Tresen. Sie entschuldigte sich ständig ohne Grund. „Ich suche meinen Sohn." Sie hatte tatsächlich ein Foto von ihm dabei. „Haben sie ihn gesehen?" Er war gerade dabei die Tische neben der Tür abzuwischen und machte sich bereit wegzurennen. Er würde niemals zurückgehen. Er hasste sie. Aber sein Chef, war nur mäßig interessiert, warf einen Blick auf das Foto, und sagte, er habe diesen Typen noch nie gesehen. Dann nahm er ihr mit einem freundlichen „Darf ich kurz", das Foto aus der Hand, kam zu ihm und hielt es ihm unter die Nase. „Kennste den?", fragte er. „Nie gesehen", sagte er ohne aufzublicken und wischte weiter. Seine Mutter ging an ihm vorbei. „Sein Handy war hier", sagte sie im Hinausgehen. Sie suchte jemanden, den es nicht mehr gab.

# GERUCHSPROBE

Sie hatte lange überlegt, was ihr am meisten fehlte seit er weg war. Natürlich fehlte ihr seine Art zu reden, seine Art zu lachen. Natürlich war es auch das, was er sagte, wie es sich anfühlte, angesehen zu werden. Aber es war ja schließlich so, dass er kein guter Mensch war. Kein guter Einfluss überhaupt.

In seiner Gegenwart war sie so vollgesogen von Gegenwart, dass sie gar nicht mehr wegwollte. Natürlich tranken sie zu viel. Sie sahen fern und taten nichts, außer sich zu lieben, zu berühren und, ja, vor allem zu riechen. Sehr physisch, dachte sie später. Rein chemisch betrachtet sind Gerüche Moleküle, die sich von seinem Körper lösen und über die Nase in ihren eindrangen. Eine Art Vereinigung also. Und die Moleküle, die sind auf ganz natürliche Weise anders, wenn man wütend ist, oder müde. Sie sprechen eine eigene Molekülsprache miteinander. Nun, er war ja dann weg. Sie hatte es gewollt und es war auch notwendig gewesen und es war ihr ja auch besser gegangen. Endlich war wieder eine gewisse Ordnung in ihr Leben getreten. Physisch sowieso, aber auch sonst. Klar. Sie hatte wieder Pläne, sah andere Menschen. Es war da so eine

Leere, die sie trieb. Aber es musste wohl sein. Sie wollte ja auch mal was darstellen. Irgendwie was sein, was einen Namen hat. Die Leere war groß und hatte sie schon sehr wütend gemacht. Warum fehlt einem jemand, den man selbst vor die Tür gesetzt hat? Mit viel Geschrei übrigens.

Zwei Seelen, die sich streiten, wäre der falsche Ausdruck – es war ihr Körper, der ihn haben wollte. Aber sie wollte nicht und wenn sie noch alte Sachen von ihm fand, dann warf sie die wütend weg. Einmal fand sie ein benutztes Hemd hinterm Bett. Daran sieht man, was für einer er war. Es war nicht mehr zu ertragen gewesen. Als ihr sein Schweißgeruch in die Nase stieg, musste sie weinen. Richtig viel weinen, über ihre Einsamkeit und diesen vergeblichen Kampf um ein richtiges Leben. Das Hemd warf sie trotzdem weg.

Doch dann konnte sie nicht mehr widerstehen.

Nein, sie rief ihn nicht an! Aber seinen besten Freund. Sie wollte nur hören, wo er war.

„Gibt's nicht mehr", sagte der nur.

Ist begraben auf dem Waldfriedhof. Ging ganz schnell. Hatte keine Lust mehr."

Sie sagte nichts mehr und legte auf.

Scheiße. Das Hemd war weg. Der Mülleimer geleert. Das durfte nicht sein. Das durfte doch nicht sein! Da waren noch Briefe von ganz früher. Aber das war nicht dasselbe. Als sie das Hemd in der Hand gehalten hatte, da hatte er neben ihr gestanden. Und sie begriff, dass sie ihn ein weiteres Mal verstoßen hatte. Die ganze Wut war jetzt sinnlos und so blieben nur die Leere und die Sehnsucht. Wie verrückt schob sie Möbel von der Wand, hob die Kommode hoch, warf Bücher aus dem Regal. Aber sie hatte ganze Arbeit geleistet. Er war wirklich weg.

Und mit ihm der Stoff ihres Lebens.

Jedes Molekül ihres Körpers sagte, nein, schrie lauthals „nein!"

Bis eine ganz gewitzte Ecke in ihren Gehirnwindungen sie an eine Sendung im Radio über Geruchsproben von Straftätern, die die Volkspolizei angelegt hatte, erinnerte. Sie hatte so lachen müssen. Aber jetzt wurde sie sehr ernst. Sie war sicher, dass auch von ihm eine Geruchsprobe existierte.

Eine Geruchsprobe, was soll das heißen? ER ist dort – ein Moment seines Lebens, mit der gesamten Vergangenheit, mit ihr darin, mit ihrem gemeinsamen wollüstigen Leben, eine Momentaufnahme dieses einzigartigsten, besondersten und wunderbarsten aller Menschen - dort eingesperrt – eingereiht neben tausenden, unbedeutenden Subjekten.

In der Nacht träumte sie von einer Regalwand in einem riesigen Büro, in dem Köpfe in Marmeladengläsern lagen. Lebende Köpfe. Und seiner lag da und schlief – so unschuldig, so ohne Pläne, so ergeben in sein Hier und Jetzt, wie er immer neben ihr geschlafen hatte. Sie fuhr im Schlaf auf und schrie.

Er musste da raus!

Am nächsten Morgen kaufte sie eine Perücke. Sie ging zur Polizei und erzählte, sie wolle einen Roman über die Geruchssammlung schreiben, ob sie die einmal ansehen dürfte. Es war nicht schwer, den älteren, dicklichen Herren um den Finger zu wickeln. Sie setzte sich auch brav und tat, als schreibe sie sinnvolle Sätze. Sie ließ sich das System erklären und fand IHN schließlich. Der nette Beamte telefonierte im Nebenraum. Sie nahm IHN vom Regal und öffnete das Glas und ließ IHN raus, steckte IHN in ihre Tasche und versteckte das leere Glas ganz hinten in der Ecke. Sie schrieb an der anderen Seite der Regalwand noch etwas in ihr Heft, um den Beamten abzulenken und ging dann mit höflichen Abschiedsworten.

Draußen riss sie sich die Perücke vom Kopf und rannte nach Hause.

Das Tüchlein vor der Nase legte sie sich ins Bett und war glücklich. Jetzt war er da. Ganz bei ihr allein. Würde nie mehr gehen und würde sie trotzdem nie mehr behindern.

# GRENZÜBERSCHREITUNG

Susanna saß in ihrem winzigen Büro und fror. Ihre Füße waren eiskalt. Auch der heiße Rooibostee in der dicken Porzellantasse, um die sie ihre gepflegten Hände gelegt hatte, brachte kaum Wärme in ihren Körper. Ihr Blick hing erwartungsvoll am Bildschirm. Da kam sie wieder: Fehlermeldung. Es half nichts, der Algorithmus war richtig. Aber das Programm hatte sich aufgehängt. Sie griff zum Telefon. 1715 – die Techniker mussten ran. Wie sie befürchtet hatte, war es Bruno, der antwortete.

„Ja, ich bin sofort da. "Seine tiefe, langsame Stimme strafte seine Worte Lügen. Bis er sich aus seinem Büro gewälzt hatte, würden schon Ewigkeiten vergangen sein. Sie stand auf und behielt die Teetasse in der Hand. Im Kopf ging sie ihre Argumentation noch mal durch. Dabei ging sie unruhig auf und ab. Heute Abend war Probe mit dem Streichensemble. Sie musste das Cello noch zu Hause abholen. Es war schon wieder halb sieben. Sie hasste diesen Kampf mit der Materie. Sie wollte einen neuen Rechner. Sie brauchte einen, der weniger Widerstand leistete.

Wider Erwarten kam Bruno tatsächlich recht schnell. Er roch nach Knoblauch und Rauch. Er trug einen schwarzen Strickpullover. Den trug er immer. Er hatte hinten eine Laufmasche. Schon immer.

„Zeig mal", sagte er. Dazu musste sie sich wieder setzen. Ihre Hand lag auf der Maus. Sie zeigte ihm ihr Programm. Klickte auf „Run". Bruno hatte sich den zweiten Stuhl ganz nah neben ihren geschoben. Es gab kein Entrinnen, wenn sie beide auf den Bildschirm sehen wollten. Sie wartete auf die Fehlermeldung. Da geschah es. Er legte seine Hand auf ihre, die auf der Maus lag. Seine Hand war warm und weich. Und was der Tee während des ganzen Tages noch nicht geschafft hatte, das geschah nun wie von selbst: Eine angenehme Wärme stieg durch ihre Hand, ihren Arm, bis in den Brustkorb. Weitete, öffnete. Einen Riss bekam die Schale, die sie geschützt hatte vor der Welt und ein zarter Sonnenstrahl brachte Wärme und Licht. Während sie noch überlegte, ob sie schreien sollte oder ihn anbrüllen, führte er ihre Hand ganz sanft und schaltete den Trace-Modus ein. „Da können wir genau sehen, wo er aussteigt", sagte er sanft, als sei es selbstverständlich, sie zu berühren.

Einen winzigen Augenblick kamen ihr Zweifel, ob er überhaupt wusste, was er da tat. Als sein Daumen, der auf ihrem lag, sich zu bewegen begann und den ihren streichelte. Jetzt wurde ihr heiß. Heiß wurde ihr, nachdem sie seit acht Stunden gefroren hatte. Er war so fleischlich. Aber ihre Hand versuchte sich von unten an seine zu schmiegen. Ihr Körper bewegte sich in seine Richtung, während ihre Augen den Zahlenreihen auf dem Bildschirm folgten, ohne zu verstehen, was da geschah.

„Hier", sagte er, „muss ein Tippfehler sein."

„Endlosschleife", sagte er. „Da muss eine andere Variable rein." Als sei sie eine blutige Anfängerin. Völlig unerklärlich, wie ihr das passieren konnte. Am Ende dachte er noch, sie habe nur einen Vorwand gesucht …

„Schostakowitsch", versuchte sie zu denken, um wieder Boden unter den Füßen zu finden. Es war nur eine leere Lautfolge. "Wir spielen heute Abend Schostakowitsch", sagte sie zu sich selbst. Sie spürte die Wärme seines Körpers an ihrer Haut, obwohl da doch ein deutlicher Abstand war zwischen ihm und ihr.

Sie sagte „Danke". Es bereitete ihr Mühe, gefasst zu klingen. Sie entzog ihm die Hand, stand auf und blickte aus dem Fenster. Sie hatte das Gefühl, ihre Wangen seien knallrot geworden, so heiß fühlten sie sich an.

„Wollen wir ein Glas Wein trinken heute Abend?", fragte Bruno. Sanft und warm war seine Stimme.

Er war schüchtern, das wusste sie. Sie sagte nichts.

„Ich warte auf dich – im Weinkontor. Ab acht, ja?"

Sie rührte sich nicht.

Er stand auf. Sie hörte seine Schritte, er ging zur Tür. „Ich warte auf jeden Fall", sagte er.

Dann war er weg.

„Schostakowitsch", sagte sie jetzt laut. Am Wochenende war die Aufführung.

Sie schüttelte den Kopf. Vielleicht war alles nur ein Traum.

Roland würde sie zur Probe fahren heute Abend. Roland war ehrlich und treu. Nie würde er sie berühren, ohne vorher zu fragen. Und fragen tat er auch nicht mehr, denn er wusste, dass sie das nicht mochte. – Wir heben uns das für nach der Hochzeit auf", hatte sie gesagt. Was sollte sie Roland sagen, der sie liebte, ohne etwas von ihr zu verlangen. Der einfach immer bei ihr blieb und sie anschmachtete ohne ihren Körper zu fordern.

Sie griff nach dem Telefonhörer.

„Roland, Liebling", hörte sie sich sagen.

Es musste eine fremde Frau in ihr sein, die eben die Herrschaft übernommen hatte. „Roland, ich kann heute nicht zur Probe kommen, ich muss diesen Vortrag noch fertig schreiben. Mein Rechner ist gerade abgestürzt."

„Ich weiß – so was ist noch nicht vorgekommen, aber eben deshalb muss es mal gehen. Geh einfach ohne mich. Wir sehen uns später. – Ja, Liebes, es geht mir gut. Bis dann."

Schnell legte sie auf. Wie billig das war! Betrug, Untreue, Lügen. Alles, was sie aufs Tiefste verabscheute. Und sie wusste nicht einmal warum. Es war doch völlig klar, dass sie einen wie Bruno nie lieben könnte.

Während sie erneut den Kopf schüttelte, fühlte sie, dass der Knoten, zu dem sie ihr langes Haar hochgesteckt hatte, sich lockerte. Sie zog die Haarnadeln heraus. Bis zur Hüfte ergoss sich ein Schwung von weichem, seidigem Haar. Ein angenehmer, leichter Schmerz war in den Haarwurzeln spürbar. Sie schüttelte ihren Kopf wieder, aber jetzt lächelte sie.

Bruno würde schon sehen, wie lächerlich es war, wenn er ihr den Hof machte. Es würde keine Folgen haben. Morgen wäre alles vorbei.

Davor aber war noch dieser Abend. Nun gut. Hatte sie wirklich Zeit, diesen Aufsatz in Ruhe fertigzumachen. Dann würde sie mit Bruno ein Glas Wein trinken und eine Kleinigkeit essen. Dabei würde sie eben erwähnen, dass sie verlobt war, würde von ihrem Elternhaus erzählen und so. Nicht, dass sie sich etwas darauf einbildete. Aber es würde ihm vielleicht klarmachen, dass sie aus verschiedenen Welten kamen und sie würde hoffentlich nicht sagen müssen, dass sie einfach nichts weiter mit ihm zu tun haben wollte.

Bester Laune erschien sie kurz vor acht im Weinkontor. Bruno saß an einem Zweiertisch in einer Ecke. Er hatte sie gleich gesehen, als sie hereinkam, war aufgestanden und ihr entgegengekommen. Er hatte ihr aus dem Mantel geholfen.

Dabei war er ihrem offenen Haar sehr nahegekommen. Oder hatte sie sich das nur eingebildet. Dass er daran roch und für einen Moment die Augen schloss.

Nun saßen sie also einander gegenüber und während sie die Karte studierte, fühlte sie seine Blicke auf ihrem Gesicht. Zärtlich. Zart. Es fühlte sich gut an. Irgendwie richtig. Und sie konnte es selbst nicht glauben. Sie lächelte schüchtern zurück. Als habe er sie dabei ertappt, wie sie sich in seinem Blick sonnte. Nie hatte sie ein Gefühl für ihr Aussehen gehabt – und jetzt fühlte sie sich schön. Und ihre Wange wollte das Kratzen seiner Bartstoppeln spüren, ihre Ohren wollten seinen Atem fühlen und hören. Ihr Hinterkopf sehnte sich danach in seiner Hand zu ruhen. Es war verwirrend plötzlich einen Körper zu spüren. Und dann auch noch einen, der ein Eigenleben zu entwickeln schien. Während sie immer noch ihrem Plan anhing, ihn von der Unmöglichkeit seiner Wünsche zu überzeugen – Moment mal - woher wusste sie eigentlich von seinen Wünschen? Er hatte nichts gesagt. Vielleicht war doch alles nur Einbildung? Sie bestellten Rioja und einen Vorspeisenteller für zwei.

Während sie noch nach Worten suchte, mit denen sie Bruno klarmachen könnte, dass sie nicht vorhabe, sich noch weiter mit ihm zu treffen, spürte sie, dass der Vorspeisenteller ein Fehler gewesen war.

„Nett hier", sagte sie und registrierte, dass seine Augen grün waren – und dass sein Blick allein ihr Herz zum Klopfen brachte. Aber das verstärkte nur ihre Überzeugung, dass sie hier ganz schnell rausmusste. Sie schwiegen. Susanna lobte den Wein.

Dann wurde ein großer Teller voller Fingerfood gebracht. Und sie spürte plötzlich Hunger und einen riesigen Appetit. Eine Dattel, auf Ziegenkäse. Mit Schinken umwickelt. Sie griff zu. Seine Blicke hingen an ihren Lippen. Die sich öffneten und die schmale Dattel empfingen. Das ganze Stück allerdings war zu groß. Sie musste abbeißen. Vorsichtig, es war klar, dass es für Bruno fast zärtlich aussehen musste, berührten ihre Zähne den Schinken. Versuchten langsam und ohne den Käse an den Seiten herauszuquetschen, die Dattel zu zerteilen. Das konnte nicht gelingen. Der Käse quoll an beiden Seiten heraus. Und ihm blieb nichts übrig, als sich an ihre Lippen zu heften. Und Susanna? Anstatt zur Serviette zu greifen, fuhr mit der Zunge an ihren Lippen entlang. Ganz langsam, während Bruno jeder Bewegung folgte. Ein Lächeln spielte um seine Lippen. Schalk saß ihm plötzlich in den grünen, warmen Augen. Und sie merkte, dass ihm gefiel, was er sah. Da fuhr sie mit der Spitze der Zunge über die übrig gebliebene Dattelhälfte und leckte den Käse einfach ab. Ohne den Blick von Bruno zu lassen. Von seinen Lippen. Die sich leicht geöffnet hatten und von seiner Zunge in sinnlicher Langsamkeit befeuchtet wurden. Er führte eine Dattel, ebenso mit Käse und Schinken bepackt wie ihre, an die erwartungsvollen Lippen und bewegte nur seine Zunge um die Spitze der Dattel herum. Seine Augen hatten ihre Freude daran, zu sehen, wie ihre Brust sich schneller hob und senkte. Ihre Wangen sich röteten.

Susanna hatte alle ernsten Vorsätze vergessen. Dieses Spiel war so aufregend, ihre Wangen glühten. Sie hatte gedacht, ihr Körper bliebe für immer kalt – und jetzt das. Auch sie konnte nun nicht mehr von ihm lassen. Als sie das Glas an die Lippen führte, liebkoste sie seinen kühlen, wohldefinierten und festen Rand. Der Rotwein, so schien es, hielt sich nicht an die vorgeschriebene Bahn und verteilte sich auf der Stelle in ihrem ganzen Körper, drang vor bis in die Fingerspitzen, und dann über den Magen hinaus in die Tiefen ihres Unterleibs, wo er Wärme, Weite und Öffnung hinterließ.

Dabei musste sie mitansehen, wie Bruno die Dattel von ihrem warmen Mantel befreite, um dann nur die Spitze vorsichtig zwischen die Lippen zu nehmen und anzuknabbern.

Auch Susanna griff nun nach einer Dattel und machte alles nach, was Bruno ihr – der Dattel – antat. Zärtlich streifte sie die Schinkenhülle ab. Ließ sie langsam zwischen ihren Lippen verschwinden. Da nahm Bruno die längliche glänzende Frucht zwischen die Finger und fütterte Susanna damit. Dabei hauchte er ihren Namen, jeden Laut genießend: Suuuuusaaaaaannnnnaaahhhhhh!

Das mit dem Füttern musste schiefgehen. Sie nahm die Dattel mit den Zähnen aus seiner Hand, nahm sie dann selbst in die Hand, sah sie prüfend an und musste plötzlich lachen! Laut und herzhaft, die ganze Anspannung entlud sich in Lachen – und Freude – und Leichtigkeit. Und Bruno lachte mit. Sie – Susanna, die Wohlerzogenheit und Beherrschtheit in Person, ließ den Dattelkern aus ihrem Mund mit einem leisen Klong auf ihren Teller – fallen! Und freute sich wie ein Kind über diese Grenzüberschreitung. Wie sollte dieser Abend enden? Egal, er fing jedenfalls gut an.

# SYNTHESIS

An diesem Morgen schon war etwas ganz anders als sonst. Er blieb länger im Bad als gewöhnlich. Und das lag daran, dass er beim Zähneputzen eine winzige Sekunde länger in den Spiegel gesehen hatte als sonst. Und dabei war er auf seine Augen gestoßen. Und er war daran hängen geblieben. Wenn man nur die Augen sah, dann konnte man sie fast mögen, dachte er sich. Aber wer sah ihm je in die Augen? Er konnte sich nicht erinnern. Die Magie der Augen war für ihn immer in den Augen der anderen gewesen. Einmal hatte er in einer Zeitschrift ein Foto von einer verschleierten Frau gefunden. Es hatte die ganze Seite eingenommen. Obwohl, außer Tuch, darauf nur die Augen zu sehen waren. Aber die sahen direkt aus dem Papier heraus in seine Welt. Und das hatte ein ganz undefinierbares, schwirrendes, nicht fassbares Glücksgefühl in ihm ausgelöst.

An diesem Abend war er spät noch einmal in sein Büro zurückgegangen und hatte die Zeitschrift aus dem Papierkorb gefischt. Die Seite herausgerissen. Zu Hause zerschnitten. Nur die Augen blieben. Und die hängte er mit einem Stück Tesa an die Wand. Neben dem Bett. Am Anfang hatte er sie öfter betrachtet. Inzwischen hatte die Wirkung nachgelassen. Oder jedenfalls sah er einfach nicht mehr so oft nach. An seine eigenen Augen hatte er nie gedacht.

Das Telefon klingelt zum hundertsten Mal heute. Es reicht. Er hebt ab. „Nein, ich gehe. Hab' noch einen Termin."

„Ja," sagt sie „mit dem Vorstand der PW-AG um 18.30h."

„Verdammt, warum haben Sie mich nicht erinnert?"

„Hab' ich doch – ich hatte den Eindruck Sie haben mir nicht zugehört."

„Stimmt genau. Und ich bezahle sie dafür, dass Sie mich dazu bringen zuzuhören und nicht dafür, mich ins Messer laufen zu lassen. Ich gehe jetzt und Sie sehen zu, wie sie das hinkriegen. Kapiert?"

Ein dicker, schwerfälliger Mann um die fünfzig erhebt sich von seinem ledernen Chefsessel.

Er schwitzt.

Die dunkelgraue Anzugjacke ist schon wieder zu eng.

Er schnauft als er sich aus dem Büro schiebt.

Er ist aufgeregt.

Obwohl es ihm nicht guttut, wirft er noch einen Blick in den Spiegel.

Schweinegesicht. Kaum noch Haare.

Warum ist er nur so aufgeregt heute Abend?

War er nicht schon tausendmal bei Frauen? Bei ihr auch schon oft?

Heute ist anders, hat sie gesagt. Sie will kein Geld – sie will für ihn kochen.

Sie ist so fremd. Nicht, dass ihm je ein Mensch vertraut gewesen wäre, aber viele sind, sagen wir mal, vorhersagbar, berechenbar, weil – na eben doch so ähnlich wie er selbst.

Aber diese hier? Wäre sie nicht so schön... Wäre sie nicht so – na, so eben – dafür gibt es kein Wort. Aber klar ist: Wäre sie nicht so, würde er schon wegen dieser ganzen Aufregung niemals hingehen.

Im Wohnzimmer in der Platenstraße Nr. 122, dritter Stock rechts hinten hat sie inzwischen Musik aufgelegt. Sie hat ein Bad genommen, ihre langen Haare gewaschen und ausgiebig gekämmt. Das Essen ist fertig. Der Tisch ist gedeckt.

Ihre nackten Füße bewegen sich leicht zu der Musik.

Sie singt.

Alles, was sie bewegt, legt sie in ein Lied.

Gott hört diese Lieder, hat ihre Mutter sie gelehrt.

Sie singt von diesem schweren Mann, der so wunderbar rund ist.

Von seinem dicken, weißen Bauch mit den schwarzen Haaren, von dem runden Gesicht, von den Haaren auf dem Kopf, die so dünn sind und die er verliert, von den dicken speckigen Fingern, die so weich sind, von dem Goldring am kleinen Finger.

Er ist so anders als sie. Er hat diese Schwere, er hat Bedeutung und unter diesem weichen, weichen Schutzmantel so ein liebes kleines Ich, das manchmal so aus den blass-blauen Schweinsäuglein lächelt, dass ihr ganz anders wird.

Heute will sie es wissen.

Ächzend steigt er die Treppe hoch. Er schnauft.

Ihm ist heiß.

Er bereut.

Als die Tür sich öffnet, empfangen ihn orientalische Düfte. Kerzenschein und Musik.

Er will gehen.

Sie wird ihn berühren wollen. Und weil sie es nicht für Geld tut, wird er es nicht ertragen können.

Sie fragt nicht.

Das ist ihre Stärke.

Sie nimmt ihm die Jacke ab, sie entfernt gekonnt die Krawatte. Sie öffnet seine obersten Hemdknöpfe, sie zieht ihm die Schuhe aus.

Er lässt es geschehen.

Ein dicker Mann tanzt zum ersten Mal in seinem Leben.

Er bewegt sich schwerfällig.

Er schwitzt.

Er kennt sich nicht wieder.

Dieses schlanke, leichte Wesen umtanzt ihn und ist nicht zu greifen. Mal schmiegt sie sich an ihn, dann ist sie wieder weg.

Zwischen ihren Augen entsteht ein Band, das nicht reißt, wo immer sie auch hingeht. Durch dieses Band kriecht sie in ihn hinein wie eine Schlange.

Es ist schön und es macht ihm Angst.

Vielleicht ist sie eine Zauberin?

Diese Frau bricht ihn auf, stößt in Tiefen vor, von denen er nichts wusste.

Er stöhnt vor Schmerz wie ein angeschossenes Tier, jault wie ein eingesperrter Hund.

Seit er zehn war, hat er niemanden mehr berührt – außer geschäftlich, für Geld eben.

Und jetzt?

In Strömen fließen Tränen aus seinen Augen.

Das Essen auf dem Tisch wird kalt. Das Essen im Backofen verbrennt.

Es ist passiert, was nicht sein durfte.

Sie haben sich vermischt.

„Ich bin in ihn eingedrungen und er in mich.", denkt sie. „Nun ist etwas von ihm in mir und etwas von mir in ihm."

Sie fühlt sich angenehm schwer und bedeutend und sieht, wie er geschäftig und leichtfüßig aufsteht.

Er weint immer noch – um all die verlorene Zeit, das viele verlorene Leben.

„Ich habe geliebt – ich liebe", sagt es in ihm.

Und Angst steigt auf. Tut sie das für alle?

Sein Herz klopft immer noch schwerfällig wie ein Elefant. Gemeinsam räumen sie den Tisch, finden einen Rhythmus.

Schwere Leichtigkeit breitet sich aus.

Und dann die Frage. Obwohl sie ihn gebeten hatte, niemals zu fragen. Jetzt musste er wissen, ob es ihr Ernst ist.

„Wie heißt du?", fragt er und sein Herz klopft. Wenn sie jetzt log, wenn sie jetzt wieder „Selena" sagte, dann war alles aus. Diesen Mut würde er nicht noch einmal aufbringen.

Aber sie zögert nicht. Sie wird nur ganz ernst.

Sie sieht ihn nur an. Mit den Augen, die er vielleicht schon gesehen hatte, bevor er sie kannte. Vielleicht waren es die von dem Foto neben seinem Bett.

„Imanuela", sagt sie. Das heißt „Gott ist da."

Und er wusste. Er war angekommen.

# ROLF UND LISA

In der dunklen, menschenleeren Straße war nichts außer dem Takt seiner Schritte zu hören. Und in Tinos Kopf hämmerte es im Takt seiner Schritte: „Nein, nein, nein – dieses Schwein." Er war den Tränen nahe. Tränen von Wut, Hass, Auflehnung. Nicht schon wieder er. „Nein, nein, nein. Dieses Schwein." Und er wurde schneller, der Schweiß rann ihm von der Stirn – oder waren es Regentropfen? Den Blick auf die Pflastersteine gerichtet, die so geordnet in Reih und Glied da lagen. Er trat sie und hoffte, sie würden es spüren. Gegen vier Uhr am Morgen kam er zu Hause an. Aufgewühlt und hellwach. Er würde nicht schlafen können. Und doch, erst als die schwere Holztür des Altbaus in Frankfurt Höchst ins Schloss fiel – da wurde ihm die Endgültigkeit ihrer Entscheidung klar. Sie würde nicht wieder kommen. Sie hatte einen anderen. Einen der besser war als er. Schon wieder. Es war immer, immer dasselbe. Er wünschte, er wäre zu Hause – in den Straßen seiner Kindheit. Und fürchtete gleichzeitig nichts mehr als das. Denn nirgendwo sonst auf der Welt wurde mehr verglichen, geurteilt, bewertet. Voller Hass auf die Welt, die so ungerecht zu ihm war, schlief er endlich ein. Die Wodkaflasche war fast leer. Der Fernseher lief noch und zeigte Marilyn Monroe, die er liebte und von der er sicher war, dass sie allein bei ihm geblieben wäre, denn sie waren verwandte Seelen. Das Licht war ebenfalls noch an und im Schlafzimmer spielte das Radio. Roberto konnte das Gefühl allein zu sein nicht ertragen. Nicht eine Sekunde mehr. Er schlief auf dem Ledersofa, vollständig bekleidet und träumte zu fallen, langsam und glücklich, um endlich seinen Platz in der Welt zu finden.

Als er gegen Mittag erwachte, klopfte es an der Tür. Anna war da. Als Putzfrau hatte sie vor Jahren bei ihm angefangen. Inzwischen verdiente sie als Mädchen für alles ihren ganzen Lebensunterhalt bei ihm. Teilweise Tag und Nacht im Dienst. Er musste aufstehen und sie hereinlassen, denn er hatte den Schlüssel von innen stecken gelassen. So wusste sie gleich Bescheid, als sie ihn sah. Wusste, dass es besser war, nichts zu sagen. Verschwand wortlos im Ankleidezimmer. Legte ihm einen frischen schwarzen Anzug mit makellos weißem Hemd ins Bad. Ließ das Badewasser ein. Mit Duftöl. Legte die CD mit den Bachkantaten ein, die ihn entspannten, und verschwand in der Küche. Ein opulentes Frühstück würde nach dem Bad das Seine tun. Um sechzehn Uhr hatte er einen Termin und da musste er hellwach, entspannt und gut gelaunt erscheinen.

\*

Rolf und Victor hatten die Köpfe tief über eine Liste mit ausländischen Namen und astronomisch hohen Geldsummen gebeugt, als Roberto das Café betrat. „Tino, altes Haus, lange nicht gesehen", begrüßte ihn Rolf, der eben von einer sechswöchigen Tour durch die USA zurückgekommen war.

„Mensch, gut siehst du aus", brummte Roberto, in dem der Neid zu nagen begann. „Erzähl, was habt ihr erlebt, was gibt's Neues?"

„Ich bin auf dem Sprung", sagte Rolf, schob Victor die Liste zu, balancierte das letzte Stück Käsesahnetorte in den Mund und legte sein Portemonnaie auf den Tisch.

„Victor wird dir alles erklären", sagte er im Aufstehen. „Wir haben einen neuen Fall und es geht um verdammt viel Geld." Er klopfte Roberto gönnerhaft auf die Schulter und verschwand von der Bildfläche.

„Rolf und ich machen uns gleich auf den Weg nach Lyon", erklärte Victor. Es geht um Unterschlagung in großem Umfang. Der Personalchef der Credit Lyonnais wird ihn einstellen und er wird ein paar Leute im Auge behalten. Ich werde dann morgen weiter in die Schweiz fliegen und mir dort Zugang zu ein paar Konten besorgen, die Namen, die wir morgen bekommen. Du hältst mit Lisa hier die Stellung."

„Mit Lisa? Was hat die neuerdings damit zu tun?" In Robertos Stimme lag etwas Eingeschnapptes. Hatte man ihn zum Babysitter degradiert?

„Lisa ist ein kluges Mädchen", sagte Victor mit einem Lächeln. Ihr tretet als Paar auf und fühlt diesen Herren ein bisschen auf den Zahn." Damit schob er ihm eine Liste mit Namen rüber.

Während er Cappuccino, einen Grappa und ein Stück Himbeersahne bestellte, ohne aufzusehen, heftete Roberto seinen Blick auf die Liste ohne etwas zu lesen. Er und Lisa als Paar. „Alles klar", sagte er.

„Gut dann. Ich mach mich auch auf die Socken. Muss noch packen", sagte Victor im Aufstehen. Die werden sich bei euch melden. Ihr geht einfach aus und hört, was sie so treiben, kaufen, planen, wo sie im Urlaub waren und so. Viel Alkohol ist sicher hilfreich. Versucht in kurzer Zeit beste Freunde zu werden. Bereitet euch gut vor – Lisa hat eure Lebensläufe – wir müssen alles wissen: Sind sie mit ihren Frauen unterwegs oder sind es die Geliebten? Wie viel Geld geben sie so aus? Haben sie einen oder zwei Haushalte? Hinweise auf ein Doppelleben? Dreck am Stecken? Alles, einfach. Und ihr vergesst nicht zu dokumentieren, ja?"

Victor stand auf, die Hände in den Hosentaschen, sichtlich zufrieden mit sich und der Welt und seiner Fähigkeit Aufträge zu verteilen. „Lisa erwartet dich in einer halben Stunde, damit ihr euch für das Abendessen nachher noch abstimmen könnt."

Er klopfte noch einmal auf den Tisch und rannte im Gehen beinahe die junge Frau um, die Tinos Himbeersahne und den Mokka brachte.

Nun wurde Tinos Laune langsam besser. Er lehnte sich entspannt zurück. Und war in Gedanken schon bei Lisa. Der Grappa war hervorragend und hinterließ eine wohlige, sanfte Wärme. Der Mokka und die leichte Säure der Himbeeren – einfach perfekt. Für Sekunden saß er wieder zu Hause bei Mama auf dem Sofa, die ihm Kakao und Kuchen hingestellt hatte, mit ihrem ausladenden und weichen Busen neben ihm saß und nur darauf wartete, dass er sich ankuscheln würde, um so bald nicht wieder wegzugehen.

*

Keine zehn Minuten später verließ ein völlig anderer Mensch das Café. Er schien um Zentimeter gewachsen, sein Schritt war flott, zielgerichtet und federnd. Ein Lächeln umspielte seine Lippen. Im Gehen zündete er sich eine Zigarette an, die er aus dem goldenen Etui gefingert hatte, das er von seinem Vater geerbt hatte. O Sole Mio, lag ihm auf den Lippen und das neblige, feuchte Grau in den Straßen roch nach einem Sommerregen, der Hitze versprach. Rache serviert man am besten kalt, schoss ihm durch den Kopf.

Lisa erwartete ihn schon in ihrer modernen Penthouse Wohnung im Westend. Sie war das Gegenteil der Frauen, zu denen es ihn gewöhnlich zog. Schlank, sportlich, selbstbewusst und unabhängig. Rolf und Lisa zusammen wirkten immer harmonisch und verliebt. Sie schienen sich gut zu ergänzen. Es war auch nicht das erste Mal, dass Lisa einsprang, wenn den Vieren eine Frau im Team fehlte. Aber ihre Bedingung war, dass es nichts Illegales sein dürfte und ihre eigenen Geschäfte Vorrang hatten. Heute wirkte sie niedergeschlagen, als sie ihm die Tür öffnete, sah er es sofort. Und es mache etwas mit ihm: Es nahm ihm den Druck, strahlend und erfolgreich sein zu müssen. Er spürte, dass diese Frau an seiner Maske nicht interessiert war, sie sowieso durchschauen würde.

\*

Zur gleichen Zeit saßen Victor und Rolf schon in Victors Porsche Carrera 911 und näherten sich der französischen Grenze. Victor saß am Steuer. Er liebte es, Auto zu fahren. Und wenn sich die Tachonadel der zweihundert näherte, war er völlig entspannt. „Schade eigentlich", sagte er mehr zu sich selbst als zu seinem Sohn, „je schneller man unterwegs ist, desto kürzer ist die Fahrt."

„Ja", brummte Rolf, „und manchmal ist sie schneller zu Ende als man denkt. Konzentrier' dich."

Ihm war offensichtlich nicht so wohl, wenn Victor auch noch nach einer CD im Handschuhfach kramte. „Lass mich das doch machen. Was suchst du denn?"

Aber Victor ließ sich nicht irritieren.

„Lisa war bisschen genervt heute Morgen", fuhr er im Plauderton fort.

„Hm."

„Krise?"

„Hm."

„Na, sach' schon. So kenn ich euch nicht."

„Ach immer wieder das Thema Kinder. Sie wird nicht schwanger. Und für mich ist das dann halt so. Wäre schön. Muss aber nicht. Bei meinem Beruf. Bin ja sowieso dauernd weg. Aber für sie ist das ein großes Thema. Sinn-des-Lebens-mäßig, verstehst du? Da geht sonst gar nichts mehr in ihren Kopf. Nix mehr mit einfach mal Spaß haben. Und jetzt will sie, dass wir uns untersuchen lassen. Also ich vor allem. Und ich hab' gesagt: "Is' mir zu blöd". Und sie dann gleich so: „Tu's für mich", und „wenn's mir doch so wichtig ist. Das zählt wohl nicht für dich" und so. Und es gibt schon deshalb kein anderes Thema mehr. Krass. Ihre Freundin hat'n Baby. Und das schreit ohne Ende. Aber anstatt zu sehen, dass das ja auch ganz furchtbar sein kann, denkt sie jetzt an nichts anderes mehr. Du kennst sie nicht wieder. Als hätte sie vollkommen den Faden verloren."

Während Rolf noch am Hantieren war, näherten sie sich der Grenze. Und Victor, der dem Thema gar nichts abgewinnen konnte, nutzte Rolfs Schweigen um ein Hörbuch einzulegen.

*

Roberto war wieder zu seiner normalen Größe zurückgekehrt. Sein aufgesetztes Gentleman-Lächeln war aufgetaut. Und die hohen Mauern, die er um sich aufgebaut hatte, lagen in Trümmern. Er hatte vor dieser Frau keine Angst.

Gleichzeitig reifte eine Strategie in ihm und das Ziel nahm Formen an. Diesem Rolf, der sich so verdammt was auf diese Frau einbildete, diese harmonische Beziehung, dem würde er so was von zeigen, wer hier ein Mann war. Lisa würde ihm gehören. Seine Trophäe sein – und Rolf wäre am Boden zerstört. Zu Recht übrigens. Schon, weil er Lisa nicht glücklich machte. Das sah er auf den ersten Blick. Und die ganzen Kränkungen der letzten Wochen, das ausgeschlossen werden bei Entscheidungen, das abserviert werden von Frauen, die Einsamkeit, all das verbrannte, verglühte zu hoffnungsvoller, verspielter Lebensfreude, mit der er nun die schlanke und durchtrainierte Frau vor ihm betrachtete.

„Lisa", sagte er und sah ihr fragend, schüchtern, einladend, warmherzig und hoffnungsvoll direkt in die Augen, „Das tut gut, dich zu sehen."

Lisa hatte dieser Blick ungeschützt getroffen. Und er saß. Zeigte Wirkung. Ohne etwas zu sagen, zeigte sie aufs Sofa. Verschwand in der Küche und stand kurz darauf mit zwei Tassen Cappuccino und einer Flasche Baileys auf einem Tablett wieder vor ihm.

Sie hatte Roberto bislang kaum wahrgenommen. Mit ihm allein war sie noch nie gewesen. Und an ein Gespräch konnte sie sich nicht erinnern. Und jetzt? Sie spürte den Drang, sich anzulehnen. Und setzte sich in ausreichender Entfernung neben ihn. Sie goss sich einen Schuss Baileys in den Kaffee und sah ihn fragend an. Er nickte.

„Lisa", begann er erneut, „wir sollen heute Abend schon ein Paar sein."

„Ich weiß Bescheid."

„Was muss ich von dir wissen, um es gut zu spielen?"

„Ach, keine Ahnung. Ich hasse das, plötzlich wie eine Figur in einem Spiel, das ich nicht kenne und verstehe, irgendwo hingestellt zu werden."

„Geht mir ähnlich", sagte Roberto und nahm einen großen Schluck Kaffee.

„Ich weiß manchmal gar nicht, ob er mich noch als eigenständigen Menschen wahrnimmt. Ich soll mir alles anhören, was ihn so bewegt. Ich soll immer weiterwissen, wenn er es nicht weiß ... Aber jetzt, wo ich ihn mal brauchen würde, da ist er nur kalt."

Dabei blieb ihr Blick an Robertos großen Händen hängen, die die warme Kaffeetasse umschlungen hielten."

„Ich meine, für heute Abend, wir sollten mal durchspielen, ob es für uns beide ok ist, wenn wir uns so benehmen, wie wir denken, dass wir uns benehmen würden, wenn wir tatsächlich ein Paar wären."

„Hm?"

„Also – äh – ich meine – ich würde gerne so meinen Arm um dich legen – das käme mir irgendwie normal vor."

„Ok", sagte Lisa und rückte näher.

Roberto legte seinen Arm um ihre Schultern.

„Es ist mir nicht klar, wie jemand in deiner Nähe kalt sein kann", sagte er, sah ihr in die Augen und strich eine Haarsträhne aus ihrer Stirn. Eine Geste, so zart und unschuldig, dass Lisas Starrheit sich löste und sie sich an seinen warmen und weichen Körper schmiegte.

„Über eine Sache dürfen wir auf keinen Fall sprechen", fiel Lisa ein.

„Nämlich?"

„Kinder. – Ich fange sonst sofort an zu heulen. Ich wünsche mir ein Kind, Roberto, es ist verrückt, dass es auf einmal so intensiv ist und es ist ungerecht Rolf gegenüber, weil es mir bisher immer egal war. Aber jetzt ist es eben so – und er will nur noch weg. Nichts damit zu tun haben. Ich werde nicht schwanger und es könnte an ihm liegen."

Und dann war es vorbei mit ihrer Haltung. Die seit Monaten zurückgehaltenen Tränen brachen aus ihr hervor und keins ihrer Worte war mehr zu verstehen unter ihrem Schluchzen. Und Roberto wiegte sie wie ein Kind. Brummte beruhigend, wischte ihr immer wieder die Tränen aus dem Gesicht. Sagte, es werde alles gut und sie sei so schön – denn ihre Wortfetzen ließen ahnen, dass sie sich für hässlich hielt in verheultem Zustand und das schien ein Problem zu sein. Zuletzt küsste er vorsichtig die Tränen von ihren Wangen, küsste ihre geschlossenen Augen. Strich ihr übers Haar – und es war Zeit, sich für das Abendessen fertig zu machen.

\*

Während Lisa unter der Dusche stand, ging Roberto die Lebensläufe ihrer Gäste für den Abend durch. Lisa brauchte etwas länger als gewöhnlich, um dann im hautengen, schwarzen Etuikleid, dezent geschminkt und mit ihrem kurzen Haar ebenso burschikos wie verführerisch lächelnd vor ihm zu stehen. Allerdings hatte sie auch noch fünf Minuten meditiert. Dabei war ihr die Gefahr, die von Roberto ausging, bewusst geworden. Mit seiner Körperfülle, der Wärme und Weichheit, die er nicht nur ausstrahlte, sondern buchstäblich verkörperte, war er die größte Gefahr für ihre Beziehung zu Rolf, der sie je gegenübergestanden hatte. Sie wollte das, was sie in den letzten zehn Jahren aneinandergebunden hatte, nicht aufgeben für eine Affäre. Aber ihr war auch klar, dass ihre derzeitige Krise weit tiefer ging. Ja, Rolf und sie hatten Spaß miteinander. Aber wenn einmal kein Spaß angesagt war? Würde er dann immer einfach wegfahren? Wie weit würde er für sie gehen, um sie glücklich zu machen? Reichten ihre gemeinsamen Pläne über den nächsten Sommerurlaub hinaus? Gab es etwas wirklich existenziell Bindendes zwischen ihnen? Schlimm genug, dass das alles nicht klar war. Jedenfalls schien es ihr nicht fair, dass alles einfach mit Roberto zu beantworten, den sie kaum kannte und von dem sie aus Rolfs Geschichten auch nicht immer nur Gutes gehört hatte. – Trotzdem freute sie sich auf den Abend – entschlossen, Abstand zu Tino zu halten.

*

Lisa und Roberto verbrachten definitiv einen der witzigsten Abende ihres Lebens mit zwei französischen Ehepaaren aus Lyon. Sie spielten sich die Bälle zu, improvisierten, ergänzten und füllten Leerstellen, was das Zeug hielt. Sie erzählten von flotten Dreiern, die nie stattgefunden hatten, beide erfanden Liebschaften und Doppelleben, die sie nie hatten und wiesen auf die gelungene Versöhnung hin. Sie erfanden sich Kinder und Schwiegermütter, Stiefmütter und Ex-Männer bzw. Frauen, dass sie selbst aus dem Staunen nicht mehr herauskamen. Und ihre Gesprächspartner gingen mit. Natürlich sah man ihnen den Spaß nicht an, den sie dabeihatten. Sie sahen todernst auf ihre Teller, während sie von den Höhen und Tiefen ihrer Beziehung berichteten.

*

Als sie gegen Mitternacht das Restaurant des Arabella Hotels in der Innenstadt verließen, konnten sie sich vor Lachen kaum mehr halten. Sie stiegen in eines der Taxis, die hier immer vor der Tür standen und nannten wie selbstverständlich ihre Adresse. Es war nicht weit bis zu ihrer Wohnung. Roberto nahm ihre Hand, küsste sie und sagte: Ich danke dir für den unbeschwertesten und lustigsten Abend meines Lebens. Schlaf gut und gib den Kindern einen Kuss von mir.

Schnell und ohne ein weiteres Wort stieg Lisa aus und ging mit leicht unsicheren Schritten zur Haustür.

Roberto folgte jeder ihrer Bewegungen. Wie sie die rote Handtasche öffnete. Etwas ungelenk nach dem Schlüssel kramte. Dabei mehrmals den Kopf heftig nach rechts warf, um eine Haarsträhne dazu zu bewegen, aus ihrem Gesicht zu verschwinden. Es schien ewig zu dauern, bis sie den passenden Schlüssel in der Hand hatte. Der Taxifahrer, in einen Whatsapp-Chat mit seinem Neffen verstrickt, sagte, Gott sei Dank, nichts. Roberto schien es, als habe er nie Schöneres oder Anmutigeres gesehen, als diese Frau, die so charmant und witzig, so sensibel und selbstbewusst mit ihm durch den Abend gesteuert war. Er würde sie nie berühren. Er war ihrer nicht würdig. Sie musste eine Göttin sein. Übernatürlich kam sie ihm vor. Als sich die Tür hinter ihr schloss, entfuhr ihm ein tiefer Seufzer. Er nannte seine Adresse. Lehnte sich zurück und genoss die Erinnerung an ihre herbe Stimme, ihr tiefes sinnliches Lachen, das er noch im Ohr hatte und das Gefühl, etwas richtigzumachen, indem er nach Hause fuhr. Gott sei Dank fand sich noch genügend

Wodka im Eisfach. Er drehte die Musik sehr laut und schlief auf dem Sofa im hell erleuchteten Wohnzimmer ein.

\*

Es muss gegen vier Uhr morgens gewesen sein, als es klingelte. Roberto öffnete wie im Schlaf. Es schien ihm das natürlichste der Welt, dass Lisa dort stand. Sie führte ihn an der Hand in sein Schlafzimmer, als sei sie hier zu Hause. Sie entkleidete ihn langsam und mit viel Mühe, denn er half kaum mit. Dabei küsste sie seinen Rücken, fuhr mit ihrer Zunge an seiner Wirbelsäule entlang, vergrub ihre Hände in seinen weichen Fettpolstern. Roberto war zu überwältigt von dem Sinnesgewitter, das in ihm niederging, um sich zu bewegen.

Sie nahm ihn mit einer Zärtlichkeit, einer sinnlichen Macht, einer Lust, dass ihm buchstäblich die Sinne schwanden und er sicher war zu sterben.

Trotzdem erwachte er am nächsten Mittag, als die Sonne durch sein Schlafzimmerfenster schien und von der Rückkehr des Lebens kündete. Mechanisch stand er auf. Anna hantierte in der Küche. Es roch nach Rührei und Speck. Das Badewasser war eingelassen. Von Lisa keine Spur. Überhaupt keine Spur. Sie hatte nichts zurückgelassen. Er war nicht sicher, ob er geträumt hatte. Allein ein großes, tiefes und ernstes Glücksgefühl, eine bisher ungekannte Ruhe und Gelassenheit deuteten darauf hin, dass tatsächlich etwas g e s c h e h e n war.

# ENTSCHIEDEN

In kleinen Spiralen schraubte sich der Dampf des Wild-
kirschtees aus der zarten weißen Porzellantasse nach oben.
Nicht ohne dabei seinen köstlichen Duft zu verbreiten.

Die Teetasse stand auf einem filigranen Rauchglastischchen
und wartete auf Katharina, die eben noch die CD einlegen
wollte. Bachs Cello Suiten. Dann lag sie endlich da, auf dem
cremefarbenen Ledersofa, die Füße in den selbst gestrickten
Socken. Von ihrer besten Freundin gestrickt, ein noch
unberührtes Taschenbuch auf dem Bauch, bereit so richtig zu
genießen.

Der Tee war wunderbar. So heiß, dass er ihr fast die Kehle
verbrannte. So liebte sie ihn. Draußen war alles grau. Und es
war noch nicht mal vier. Schon fast wieder dunkel. Mensch,
wie herrlich einmal von nichts und niemandem gestört zu
werden. Alle Freunde und Freundinnen waren heute irgendwo anders eingeladen oder hingefahren. Endlich mal Zeit für
sich haben. Was konnte besser sein. Und dann dieser göttliche
Tee. Diese Ruhe! Endlich mal ein Buch lesen! Sie kam ja sonst
nicht dazu. Wie gut auch, dass Micha nicht da war an diesem
Wochenende. Er wollte ja partout immer was unternehmen,
sodass man zu gar nichts mehr kam. Schön, dieses Socken-

muster. Lieb von Bea, dass sie sich solche Mühe für sie gab. Aber mit dem Buch, na ja, Micha hatte es ihr gegeben und fragte dauernd, ob sie es schon gelesen habe.

Irgendwie wollte es mit der Konzentration nicht so klappen. Vielleicht sollte sie doch erst mal an die frische Luft.

Klara, die Colliehündin, müsste ja auch mal wieder raus. Aber nicht so lange, sie wollte ja noch ein bisschen die Ruhe genießen. Außerdem konnte sie heute Abend noch lesen. Also schnell die CD wieder aus. Ist ja auch fast schon zum Einschlafen, dieser Bach. Schnell in die festen Schuhe.

Sie schnappte sich den Autoschlüssel – heute einmal nicht die ewige „kleine Runde" – sie würde ein paar Minuten raus in die Berge fahren. Wie schön es ist, in der Nähe von München zu wohnen!

Nach zehn Minuten, die sich ihr kleiner Fiat Panda in den Bergen quälte – wenn sie hier wohnen bleiben sollte, brauchte sie wirklich dringend ein neues Auto – parkte sie auf einem kleinen Rastplatz. Es war jetzt schon fast richtig finster, aber Klara hatte ja einen guten Orientierungssinn und bis es richtig dunkel wurde, dauerte es ja noch ein bisschen.

Mit strammem Schritt marschierte sie los. Sie folgte der Markierung „rotes Eichblatt". Der Rundweg sollte eine dreiviertel Stunde dauern, laut Infotafel am Parkplatz. Durch den zackigen Schritt und den kühlen Wind, der ihr entgegenblies, die Hitze, die in ihrem Körper aufstieg und ihre Wangen zum Glühen brachte, wurde ihre Stimmung mit jedem Taktschlag ihrer Schritte, fester – um nicht zu sagen aggressiver und wütender. Dieses ganze süße Freundschaftsgesülze der letzten Wochen mit Micha und seiner Clique, wie er immer sagte, was für ein abgefahrenes Wort überhaupt, das sagte man doch schon seit Ewigkeiten nicht mehr. Was für ein lahmer Haufen. Da trafen sie sich und saßen zusammen, tranken Wein, wie feine Leute und bildeten sich was auf ihre hypersensiblen

Geschmackssensoren ein. Sie lästerten über Politik und Kollegen und Kinofilme und Theater und kannten und wussten alles besser. Langsam geriet sie in Rage. Fühlen sich selber wohl als verkannte Schriftsteller und Regisseure, aber selbst was auf die Beine zu stellen, trauen sie sich nicht. Nichts trauen sie sich! Angst vor allem, wenn man genau hinguckt. Angst davor Farbe zu bekennen, Angst zu sich zu stehen, immer nur über andere reden.

Ja, in stillen Stunden gab Micha es zu, er hatte Angst sich zu binden, Angst Kinder zu haben, Angst sich festzulegen. Vor ihr ballten sich dunkelgraue Schneewolken zusammen. Es schien ihr eine Folge ihres ernsten, bösen Blicks zu sein. Folge der Falten, die sie zwischen ihren Augen zog.

Klara rannte fröhlich vorneweg. Sie würde den Weg schon finden. Katharina hatte schon längst vergessen auf das rote Eichblatt zu achten. *Sie* war nämlich ein ganz anderes Kaliber. Wenn sie nicht ihre Zeit mit diesen superempfindlichen, hochentwickelten Exemplaren der Spezies Mensch totschlug. Sie konnte zugehen auf Gefahren, konnte ihren Ängsten in die Augen sehen und ließ sich nicht von ihnen in die Knie zwingen. So wie sie vor diesen dunklen Wolken nicht kniff und heim rannte auf ihr Designersofa – war es nicht Michas Idee gewesen, dieses sündhaft teure Stück zu kaufen, wo man dann letztlich doch nur mit dem Hintern (sorry) drauf saß? Es begann zu schneien. Wie wunderbar das passte! Dieses Grau, die Farbe der Halbheit, des Unentschieden-Seins, der Anpassung, der grauen Anzüge, der Karrieregeilheit, zuzudecken mit schneidendem, klarem, glitzerndem, eindeutigem Weiß. Ja, so war sie eigentlich, das war ihre wahre Art. Halbheiten und Unehrlichkeiten aus dem Weg zu räumen, zu klären. Klarheit war ihre Sache. Und Mut. Das Schwert, das Gut von Böse trennt.

Die Schneeflocken fielen immer dichter. Als denke sie das Schneegestöber herbei. Es schien ihr selbstverständlich. Die Hündin schien es auch zu genießen. So, nun war es gedacht: Micha würde Farbe bekennen müssen, oder sie würde gehen. Diese Halbherzigkeit ging mit ihr nicht.

Und als markiere dieser Gedanke einen Wendepunkt, begann sie zu frieren. Sie hatte ja auch nur die dünne Jeansjacke an. Und sie lief schon fast eine dreiviertel Stunde. Und sie hatte keine Ahnung, wo sie war.

Als sie sich umdrehte, konnte sie in dem Schneegestöber kaum noch die Hand vor Augen sehen. Der Schnee lag bereits ein paar Zentimeter hoch und ihre Spuren waren schon zugeschneit. Sie rief nach Klara. Die drängte sich jetzt eng an sie. In all dem Schnee konnte sie auch nicht weiterhelfen, denn ihr Geruchssinn nützte wenig. Sie erwartete Hilfe von Katharina, die inzwischen erbärmlich fror.

Sie wurde müde und war schon ziemlich ausgekühlt. Ihre letzten Gedanken ließen sie nicht los: Diese Halbherzigkeit ging mit ihr nicht.

Nein – die Halbherzigkeit würde jetzt eben ohne sie gehen – wenn nicht – wenn nicht … Sie ging einfach weiter, hier musste doch die Abzweigung sein. Ja. Da. Jetzt rechts und da müsste die Straße kommen. Die Gedanken an Micha hatten ihre Farbe verändert. Sie waren wärmer jetzt. Er hätte sie so nicht gehen lassen. Wie klug! Nicht ohne Mütze, nicht ohne warme Jacke. Wie eine warme, liebevolle Decke, seine Hingabe an die von ihr so verachteten Alltagsdinge. Zuverlässigkeit. Nicht planlos drauf losrennen. Bedacht. Nicht Hineinstürzen in Ehe und Familie und hinterher feststellen, dass man dafür gar nicht geschaffen war. Das war sein Punkt. Wie ein dummes, trotziges Kind war sie davor weggerannt. Und jetzt – wo war sie? Da. Sie war im Kreis gegangen. An genau dieser Stelle hatte sie vorhin schon gestanden. Diese abgebrochene Fichte. Die kannte sie. Oder war das eine andere, nur ähnliche?

Weitergehen bis zur Abzweigung und jetzt links eben. Obwohl links sicher falsch war. Konnte gar nicht links sein.

Micha, Micha, wo war er jetzt? Schon zu Hause? Würde er sie vermissen? Würde er trauern? Oh je, dachte sie schon daran, hier nicht rauszukommen? Sie konnte nicht sooo weit weg sein von allem. Vielleicht an der nächsten Ecke schon musste die Straße sein. Sie ging schneller, rutschte ein Stück, als es etwas steiler wurde. Aber gleich, gleich … Wieder nichts. Nicht mal mehr ihre eigenen Spuren. Totenstille. Der Schnee schluckte alle Geräusche des Waldes. Sie schrie. Sie schrie so laut sie konnte. Unheimlich, ihre Stimme in der nun finsteren Nacht. Kurze Pause. Ein Baumstamm. Hände in die Hosentaschen, vielleicht ein bisschen Wärme noch. Nein, besser noch unter den Armen, da musste noch ein bisschen Wärme sein. Bisschen aufmachen die Jacke und die Hände reinschieben. Da spürte sie etwas in der Innentasche. Was war das? Ein Päckchen – klein und schmal, sodass sie es nicht gespürt hatte bis eben. Sie riss es auf mit klammen Fingern. Es war noch von Silvester vor zwei Wochen. Micha hatte es ihr da reingesteckt. Sie hatte beide Hände voll gehabt. Sektglas, Sektflasche. „Luv you", hatte er ihr ins Ohr geflüstert und ihr einen Kuss gegeben. „Heb's einfach auf", hatte er gesagt. „Für später mal." Glatt vergessen hatte sie's. Jetzt rissen ihre Finger wütend an dem Papier. Voller dummer Hoffnung, dass etwas Warmes darin sein könnte.

„Wenn du mal dringend Hilfe brauchst und ich bin nicht da", stand auf einer Karte. In seiner ordentlichen Schrift. „Ich komme auf der Stelle!!!" Mit drei Ausrufezeichen. Eine Silvesterrakete und eine Packung Streichhölzer.

„Nun werden wir sehen, ob Verlass ist auf ihn", sagte sie. Und zündete mit ihren klammen Fingern die Rakete an, die zischend gen Himmel fuhr.

Damit ist es entschieden, sagte sie zu sich. Wenn ich auch noch nicht weiß, wie.

Von weitem erkannte jemand, der sich schon auf die Suche gemacht hatte, das Zeichen und fuhr etwas schneller.

# NACH HAUSE

## 1

„Ich habe die Nase voll", sagte er. Mit seiner warmen, wohltönenden Stimme, die seiner Wut nicht angemessen war. „Der Tod gehört abgeschafft. Wir kämpfen mit aller Macht gegen ihn. Und ich soll ihnen hier was über das Sterben erzählen. Womöglich noch, dass es gar nicht so schlimm ist." Der hysterische Unterton nahm zu.

„Ja, Sie gucken zu Recht so erstaunt. „Hat er doch jahrelang gemacht", denken Sie vielleicht. Deshalb hat Ingelore ihn mir doch empfohlen? Sie hat doch gesagt, man fühlt sich so entspannt und gut vorbereitet. – Und jetzt hören Sie mir mal gut zu: Man kann sich nicht vorbereiten. Tod. Ist. Katastrophe. Hören Sie nicht auf zu jammern, zu protestieren, das nämlich heißt, dass Sie leben. Alles andere zeigt nur, dass Sie bei lebendigem Leib schon tot sind. Sich nicht abfinden, nichts schönreden. Hassen, lieben, klar sein, das ist Leben." Wie er sich da so reden hörte, staunte er selbst. Noch nie hatte er einen seiner Millionen Vorträge ohne Manuskript gehalten. Ohne Manuskript, das bis in die Details, die Pausen, die eingeplanten Lacher, die Blicke ins Publikum, alles vorplante. Er hatte immer furchtbare Angst davor gehabt, frei zu sprechen. Angst vor dem Unvorhergesehenen. Angst einen Fehler zu machen. Und jetzt? Seine Rede war ihm fließend, klar und selbstbewusst von den Lippen gekommen, schien ihm. Er fühlte Aufregung. Er fühlte. Eine neue Qualität.

Was er gesagt hatte, erstaunte ihn selbst. „Schade, dass ich es nicht aufgeschrieben habe", durchfuhr es ihn. Es würde sich vielleicht lohnen nachzulesen.

Das Denken und Staunen half aber auch nicht richtig weiter. Er stand auf einer Bühne ganz allein. Etwa fünfhundert Leute warteten auf eine konkrete Handlungsanweisung. Was also sollten sie tun? Und er selbst?

Wie gut, dass genau in dem Moment sein innerer Autopilot, mit dem er heute zum ersten Mal Bekanntschaft gemacht hatte, die Kontrolle übernahm.

„Gehen Sie nach Hause und leben Sie so viel von ihren Träumen wie möglich und akzeptieren Sie niemals den Tod. Er ist eine Beleidigung für jeden Menschen", sagte er.

Drehte sich um und ging.

Sein Manuskript blieb liegen. Obwohl er immer so peinlich darauf bedacht gewesen war, dass niemand es in die Finger bekam, damit niemand sehen könnte, was für ein Kontrollfreak er war. „Einatmen – Ausatmen" stand da an manchen Stellen. Als sei er ein Idiot. Und er war ja auch einer.

Sechsundfünfzig Jahre und keine Ahnung, was er tun sollte. Keine Ahnung, was ihm guttat. Lauter Sehnsüchte ohne Namen in ihm. Keine Ahnung, wer er war. Er wartete auf den Autopiloten.

Wegfahren? Teneriffa, Mallorca, Südafrika oder Südamerika? Alles so beliebig. Nordsee, Rügen? Bretagne? Alles schön. Er stand auf. Ging zum Bahnhof und kaufte sich eine Fahrkarte **nach Hause**. In dieses kleine Städtchen im Harz. Oh Gott, hatte er „zu Hause" gedacht? Und diesen Ort vor Augen gehabt, an dem er dreißig Jahre nicht mehr gewesen war? Wo ihn niemand mehr kannte? Da war er sicher. Aber er musste genau dorthin.

Genau. Endlich hatte seine Sehnsucht einen Namen. Er hatte diesen Brief in der Tasche. Er musste ihn ihr bringen. Irgendwer würde wissen, wo sie war.

## 2

„Da bist du also. Als wäre nichts gewesen. Fast dreißig Jahre haben dir nichts ausgemacht. Blau – viel, viel Blau. Kleine weiße Sahnehäubchen hier und da. Ich kann mich gar nicht sattsehen daran. Da hinten ist es dunkelgrün-blau. Da muss es sehr, sehr tief sein! Es ist so heiß. Ich verdurste. Ich vertrockne. Und du liegst da, bist ganz in dir so kühl und nass."

Mit ihren alten ausgetretenen Ledersandalen war sie den kurzen Weg von der Pension bis hierher gelaufen. Unterm Arm eine Luftmatratze. Und ein kleines Stofftäschchen hing um ihren Hals, mit einer ganz besonderen Kostbarkeit. Sonst hatte sie nichts dabei. Nun stand sie da und konnte, wenn sie ganz steil nach unten sah, einen schmalen Streifen Sand sehen. „Weißer Sand. Wird brennen unter meinen Füßen", ging es ihr durch den Kopf. „Wird auf meinem Rücken brennen, wenn ich mich darauf lege und dann nachgeben, aufgeben und sich auf meine Temperatur einstellen. Das würdest du niemals tun – große blaue Güte, du! Du bleibst unverändert. Wie mich das beruhigt – ich habe geweint, ich habe gelacht – ich bin alt geworden – du nimmst mich in die Arme, wie immer."

Vorsichtig stieg sie zwischen den Felsbrocken und den Kakteen hinunter zum Strand. Bahnte sich ihren eigenen Weg. „So lange war ich nicht mehr am Meer. Endlich bin ich wieder hier. Ich liege wirklich im heißen Sand. Die Augen geschlossen. Das Brennen der Sonne auf meiner Haut. Verbrenne mich zu einem Häuflein Asche! Brenne alles weg: meine trockene Haut, Fett, Muskeln, Sehnen. Trockne mein Blut aus! Lege mein Herz still! Lass die Luft aus den Lungen! Ein Häuflein wird bleiben und voll Freude wird es sich vom Wind verblasen lassen, wird in Millionen Körnchen eintauchen, in das Blaue – endlich den Mut haben zurückzukehren an den Ursprung – endlich den Mut haben, sich ganz aufzulösen – hinzugeben, wegzugeben. Nicht mehr krampfhaft an dem kleinen Ichlein festhalten, nicht mehr winzige Spiegelscherbe sein müssen. Endlich wirklich und für immer körperlich Eins-Sein mit dem großen, unermesslichen Meer, das alles verschlingt – sowieso irgendwann - aus dem wir alle so mühsam gekrochen sind. Wozu? Haben wir uns trennen müssen? Wozu haben wir gekämpft ein Leben lang für diese Trennung? Um am Ende endlich aufgeben zu dürfen. Warum kann es nicht so einfach sein? Ich lege mich hierher, auf dem Rücken mit ausgebreiteten Armen und biete mich der Sonne zum Opfer dar: Nimm mich Sonne – verbrenne mich – ich will hier an diesem magischen Platz als ein letzter Gedanke aufsteigen – ein letzter Seufzer. Und Heimkehren – mein Körper ins Meer – meine Seele zu dir, mein kühler, sanfter Gott. Hier ist der Ort, an dem der Seufzer aus mir heraus will, so sehr, dass es schmerzt. Die Sehnsucht des Körpers und die der Seele sich in stummem Schrei verbinden. Es reicht – es ist genug - überglücklich bin ich – beschenkt bin ich, will nichts davon mehr behalten, will es teilen, verschwenden, so wie sich die Schönheit hier verschwendet."

Sie öffnete das kleine Stofftäschchen. Darin war ein Pillendöschen. Eine einzige kleine Tablette lag darin. Es würde schnell gehen. Das wusste sie. So schnell, dass es kein Zurück mehr geben würde. Das beruhigte sie. Einen Moment noch wollte sie aber das Leben feiern.

„Dieser magische Ort, an dem ich schon einmal gelegen habe, vor fast dreißig Jahren. Damals voller Kraft und Lebensmut – noch nicht wusste, wohin mit all meiner Energie. Und du neben mir lagst – zum Greifen nah und unerreichbar. Du hattest dich für sie entschieden. Warum auch immer. Und doch war diese Anziehung so unglaublich stark. Wären wir auf zwei Luftmatratzen im Meer getrieben, sie hätten sich nicht auseinanderbringen lassen. Hätten wir auf zwei tektonischen Platten direkt am St. Andreas Graben gelegen, ein Erdbeben hätte die Neue Welt erschüttert. Aber wir lagen hier nebeneinander. Unsere Hände nur Zentimeter voneinander entfernt und rührten uns nicht. Und sprachen nicht und waren erschlagen. Ankämpfen gegen den Sog der Anziehungskraft machte uns bewegungslos.

Und hatten wir eine Wahl? Nein. Wenn wir zusammen waren, dann war es wie ein Sturz in den Vulkan, wir waren auch für die Welt verloren. Antriebslos. Verfallen. Ließen uns nur treiben. Doch wir und vor allem du wolltest nicht in den Vulkan stürzen – wolltest etwas erreichen.

Und jetzt – dreißig Jahre später, weiß ich, wie groß der Betrug war, dem wir aufgesessen waren. Ja, ja, es kam noch viel Gutes und Schönes. Aber eines weiß ich erst jetzt: Das war das Leben. Und auch anders rum: Das Leben, das war das: diese Minuten, die wir regungslos, hellwach nebeneinander lagen und liebten. Das war's. Und jetzt bin ich hier und lege Blumen an ein Grab. Eine Blume an dieses Grab. Ich bin die Blume. Und ich wünschte, ich hätte die Kraft, hier liegenzubleiben, bis ich Asche bin.

Oh Gott! Jetzt bin ich tatsächlich eingeschlafen. In was für Gedanken ich mich da habe fallen lassen! Unglaublich. Ja – es war intensiv und schön. Aber letztlich nur in meinem Kopf. Ob er das auch so empfunden hat? Keine Ahnung. Ja. Herrliche Vorstellung: der Himmel öffnet sich – ein helles Licht erscheint und eine Treppe, die direkt nach oben führt – und ich trage ein weißes Kleid, fühle mich leicht wie eine Feder, sage danke für ein schönes, reiches Leben und lasse diesen kranken Körper hier als leere Hülle zurück."

## 3

Sie wusste nicht, dass zweitausend Kilometer weiter im Norden jemand anderes sich mit gleicher Intensität an diesen Sommer erinnerte. Er hatte auch eine Kostbarkeit in einer Tasche dabei, als er sich in einen Mietwagen setzte. Er war bei ihrer Mutter gewesen und hatte erfahren, dass sie spurlos verschwunden war. Aus dem Krankenhaus. Wer sie kannte, wusste, was das hieß. „So nicht", hieß das. Anders. Und „auf meine Art", hieß das. Wer sie kannte und liebte, der akzeptierte es. Nur er – er konnte es unmöglich hinnehmen. Denn er hatte den Brief. Das Leben ist voller Überraschungen, dachte er immer wieder. Du hast es selbst gesagt. Glaub dran. Bitte glaub dran, flehte er sie an. Sein Auto hatte brav die Kilometer gefressen. Aber es hatte gedauert. Stund um Stund hatten sie sich nach Süden gekämpft. Die Intensität seiner Erinnerung hielt ihn wach. Jetzt war er schon ganz nah. Irgendwo hier musste es doch sein.

## 4

Sie war nun mit der Luftmatratze im Wasser. „Geh heute nicht baden", hatte ihre Vermieterin gesagt. „Jedenfalls nicht so weit raus. Da ist eine Strömung heute. Du wirst sehen. Niemand ist im Wasser." „Ich geh nur spazieren, hatte sie gesagt. Keine Angst. Und war gegangen, als niemand sie sah. Strömung. Darauf hatte sie gewartet.

Schon lag sie auf der Luftmatratze und ließ sich treiben. „Aber, aber, dachte sie. Will ich wirklich gehen? Jetzt gleich? Schmerzlos und sanft? Freiwillig und kampflos? Ich wünschte es mir. Bin ich nicht deshalb hierhergekommen? Weil ich irgendwie dachte, hier stände der Himmel offen, so wie damals? Und mir würde die Bitte gewährt. Ich will nicht nach Hause fahren und mich in ein Krankenhaus legen. Eingesperrt sein. Meinen Körper als Fessel erleben. Nicht wegkönnen von Übelkeit und Schmerz und Angst. Ich will hierbleiben – nein mehr noch: Ich will in diesen Augenblick vor dreißig Jahren zurück. Noch mal und noch mal. Es ist nicht Todessehnsucht – ich will nicht aussteigen, ich will wieder zurück – noch einmal – alle Möglichkeiten haben. Und noch einmal. Einmal möchte ich den Mut gehabt haben, dem Sog nachzugeben. Mit dir auszusteigen. Einmal diese Glut verglimmen lassen – um dann nach dreißig Jahren auch hier zu sitzen. Ich will nicht verschlungen werden! All das soll bleiben! Sehnsüchte, Inkonsequenzen, Verwurschtelungen.

5

Er hatte wie durch ein Wunder die Pension auf Anhieb gefunden. „Sie ist zum Spaziergang aufgebrochen", hatte man ihm gesagt. „Die Strömung ist zu stark zum Schwimmen. Sie ist noch nicht lange weg. Aber wir haben nicht gesehen, in welche Richtung sie los ist." Für ihn war es keine Frage. Er ging sofort los. Trug noch sein hellblaues Hemd. Die Stoffhose und den Gürtel. Die guten schwarzen Schuhe. Es war gleichzeitig so ein Glücksgefühl, dass er sie so gut erspürt hatte. Als ob eine andere Zeitrechnung unter der mit den Jahren, Tagen und Stunden liegt, dachte er. Es ist noch nicht lange her. Es war eben erst. Und sie wartet. So wie ich gewartet hab, ohne es zu wissen.

## 6

„Ja, bin ich eben alt", dachte sie, schläfrig werdend von dem sanften Geschaukel des Meeres, das sie unaufhörlich wegtrieb vom Land. „Fasst mich der Arzt eben nur widerwillig an. Ich freu mich an seinen schönen ebenmäßigen Händen und denke daran, wie sie zärtlich sein könnten. Wie Lust von den Fingerspitzen aus, seinen Körper durchströmen würde, wenn er meinen zwanzigjährigen flachen Bauch abtasten würde. Ich freue mich über dieses kleine Geheimnis, das er nicht hinter meinem undurchdringlichen Gesicht aufspüren kann. Ich hätte meine Freude daran gehabt, dieses maskenhafte Gesicht weich werden zu lassen, seine blauen Augen warm werden zu sehen.

Ihre Hand fühlte wieder nach dem kleinen Pillendöschen. Jetzt wäre ein guter Moment, diese kleine Pille zu schlucken, dachte sie. Aber was ist dieses Stückchen Lebenswille? Das alles auskosten will bis zum Schluss. Bin ich hierher gekommen mit der Absicht, nie wieder zu gehen? Und jetzt? Ok. Ich will alles haben. Bis zuletzt. Egal wie schlimm es wird. Es ist Leben! Ich bin noch da. Ich werde dableiben. Solange es geht. Vielleicht kommt noch etwas ganz Besonderes." Aber müde war sie. Und sie wollte nicht mehr ankämpfen gegen einen Sog. Konzentriert war sie auf die Pille in ihrer Hand. Na ja, noch geht es mir eben gut, dachte sie. Ich kann und will mir nicht vorstellen, wie schlecht alles noch kommen kann.

Sie hörte ein Rufen vom Strand. Es war wohl Zeit zurückzukehren. Nach Hause zu gehen. Sich dem Schicksal zu fügen.
Sie winkte dem Mann, der ihr zuwinkte. „Am Ende wird man
so bescheiden", dachte sie. „Windhauch auf meiner Haut! Ich
bleibe, Wind! Atmen, dabei sein. Das wird genügen. Ich werde
nicht mehr kämpfen. Das ist alles. Ich werde mich der Strömung hingeben."

Sie legte sich hin. Warf das Pillendöschen ins Wasser. Ihr
war schwindelig. Sie war sehr müde. Sie hatte den ganzen Tag
nichts getrunken. Und schlief ein.

## 7

Er rannte zurück, telefonierte, organisierte, fragte, bat,
zahlte, überzeugte. Und fand einen Mann, der ihn verstand. Er
kannte das Meer und seine Strömungen mit seiner ganzen
Seele sein Leben lang. Sie fuhren hinaus. Und der Sog zum
Leben wurde wieder stärker. „Es wird gut. Sagte er. Hier. Der
Brief. Deine Werte. Alles wieder gut! Wie durch ein Wunder."
– Egal, sagte sie. Ich hatte mich sowieso für das Leben
entschieden. Und nahm seine Hand. Jetzt wieder. Nach
dreißig Jahren. Offizieller Zeitrechnung. Wie gut, dass ich
nicht aufgegeben habe.

# DER VERHÄNGNISVOLLE
# BUCHLADEN

Unglaublich heiße Tage lagen schon hinter ihnen. Karina war gegen diese Hitze. Einige Tage konnte sie sich in die Kühle ihrer Altbauwohnung verkriechen. Dann drehte sich der Isoliereffekt der dicken Mauern um. Sie heizten sich tagsüber so sehr auf, dass auch in der Nacht nicht mehr an Kühle zu denken war. Sie schlief nackt bei laufendem Ventilator. Obwohl das Geräusch sie störte, genoss sie das zarte Streicheln der Luft auf ihrer Haut. Aber der Gedanke an die Energieverschwendung nervte sie auch. Dann rief sie Petra an, die auf Spiekeroog einen Bastelladen hatte. Da könnte es erträglich sein, dachte sie. Außerdem hatte Petra nächste Woche Geburtstag. Karina wollte ihr ein Buch schenken über Hexen und weiße Magie. Ein Thema, das sie selbst gerade außerordentlich beschäftigte. Es lag vor ihr aufgeschlagen auf dem Fußboden. Sie hatte es selbst in der letzten Woche genauestens studiert. Ob ihre Zauber wirken würden, war noch offen. Vor allem war ihr der Liebeszauber wichtig. Denn sie hatte genug vom Allein-Sein. Aber zum Zusammenleben schien sie auch nicht geschaffen zu sein.

Irgendwie war sie wohl zu eigenwillig, zu kantig oder was auch immer. Sie hatte es nie lange in der Nähe anderer ausgehalten. Und in der Nähe von Männern schon gar nicht. Und tatsächlich: Petra freute sich ihre Stimme zu hören. Freute sich auch auf Besuch. Langsam packte Karina ihren Rucksack. Sie brauchte nicht viel. Mit Rei-in-der-Tube ließ sich das Gepäck auf drei Lieblings-T-Shirts, kurze Hose und Rock, ein bisschen Unterwäsche und Badezeugs einschränken. Trotzdem brauchte sie lange. Ihre Gedanken zerflossen in der Hitze. Sie duschte lauwarm und hatte dann fünf konzentrierte Minuten, solange das Wasser auf ihrem Körper trocknete. Müll runterbringen? Allein bis zur endgültigen Entscheidung dieser Frage verging eine halbe Stunde. Als sie wieder im zweiten Stock angekommen war, brauchte sie eine Pause. Das Polster des Sofas war nur bei erster Berührung kühl. Sie beschloss, den frühen Zug am nächsten Morgen zu nehmen. Da könnte eine angenehm kühle Morgenbrise sie aus dem verschwitzten Bett locken. Der Rest des Tages schlich dahin. Einmal hatte sie das Telefon in der Hand, um ihrer Schwester, die zwei Blocks weiter wohnte, kurz Bescheid zu sagen, dass sie verreisen würde. Aber es war zu heiß.

Am nächsten Morgen war sie tatsächlich früh auf – und es hatte sich gelohnt. So sanft und liebevoll begrüßte ein zärtliches Lüftchen ihre nackten Schultern, ihren Hals, die Wangen, die Kniekehlen. Und sogar Vogelstimmen waren zu hören. Trotzdem ging sie langsam. Sie hatte noch Zeit bis zur Abfahrt des Zuges. Die Fahrkarten, online bestellt und ausgedruckt, ruhten schon im Rucksack, vorderes Fach. Während sie sich vorsichtig durch die wie ausgestorbenen Straßen tastete - kein Mensch war zu sehen, kein Auto - führte ihr Weg an einem Buchladen vorbei, der sonst nicht auf ihren Wegen lag. Er wirkte kühl und dunkel. Und hatte sogar schon geöffnet. Ein kleines Buch für unterwegs? Warum nicht? Sie hatte die Erfahrung gemacht, dass solche Zufallsfunde – Bücher, denen man nicht widerstehen kann, auch wenn man gerade gar nichts sucht - wie Antworten auf Fragen sein konnten, die man noch gar nicht gestellt hatte und doch irgendwie mit sich herumtrug.

Im Laden war es schattig. Es lag ein angenehmer Duft in der Luft. In der Mitte plätscherte ein Zimmerbrunnen. Wasser kam aus einer großen Steinkugel und lief in einem gleichmäßigen Schleier an der Oberfläche hinab. Die Verkäuferin grüßte kurz und vertiefte sich wieder in ihr Buch. Außer ihr war nur noch ein Kunde im Laden. Karina wusste nicht, wo sie anfangen sollte. Esoterik lockte immer. Reiseführer waren ebenso verlockend. Auch Sprachbücher blätterte sie gerne durch. Biografien auch – obwohl sie sich immer nur vornahm, sie zu lesen. Da der gut gekleidete, schlanke Herr mit dem überdimensionalen Wuschelkopf vor den Reiseführern stand, beschloss Karina bei der Esoterik zu beginnen. Sie ging also ein paar Regale weiter und fand ein weiteres Buch über die Hexenkunst. Während sie in die ersten Sätze versank, stand plötzlich dieser Mann neben ihr. Bis auf die ausufernden Locken, sehr gepflegte Erscheinung, weißes, langärmliges Hemd in langer Jeanshose. Und das bei dieser Hitze! Lange schmale Finger. Nicht unsympathisch.

„Müssen Sie unbedingt gerade hier stehen?", frage er unvermittelt. „Gehen Sie zur Seite, ich muss da ein Buch aus dem Regal nehmen."

Das ging nun doch irgendwie zu weit.

Sie blieb einfach stehen und schüttelte den Kopf.

Er kam näher, so nahe, dass er mit seinem Arm ihre Schulter berührte und schob sie zur Seite, sodass sie beinahe das Gleichgewicht verloren hätte. Aber sie hielt dagegen.

Unmöglich! Aber es war ihr merkwürdigerweise nicht unangenehm. – Sie blickte zu ihm auf und traf auf einen Blick, der ihr durch und durch ging. Seltsam offen, hilflos, leise fragend.

Er holte tief Luft, griff sich ein Buch aus dem Regal, schlug es auf und spreizte dabei die Ellenbogen so hastig zur Seite ab, dass sein rechter sie unsanft in Brusthöhe traf.

Sie musste grinsen. – In dieser kurzen und gar nicht so sanften Berührung war Hilflosigkeit und Anziehung zugleich von ihm ausgegangen. Gleich würde er losheulen.

„Übrigens bin ich eine Hexe", sagte sie und deutete mit der Nase auf das Buch in ihrer Hand. Vielleicht könnte ich Ihnen helfen?"

„Das geht zu weit, das geht zu weit", sagte er mehrmals und seine Stimme überschlug sich.

„Ich male Bilder", schrie er dann unvermittelt los „und keiner kauft sie. Was sagt denn Ihre Hexenkunst dazu? Da wissen sie auch nicht weiter, diese intuitiven Zartheiten, stimmt's?"

„Was sagen denn die Leute, die sie nicht kaufen, zu Ihren Bildern?", fragte sie sanft.

„Hören Sie auf, so mitfühlend zu reden!" Er wurde böse.

Aber er musste mit ihr reden.

Dass es so eine Frau geben konnte, war ihm nicht klar gewesen. Hätte er es geahnt, er hätte sie vielleicht gesucht. Vielleicht. Bisher war er Frauen immer aus dem Weg gegangen. Nicht, weil sie ihn nicht angezogen hätten. Aber ihm war klar, dass aus rein biologischen Gründen sozusagen ein Gefühl des Haben-Wollens ihn erfassen könnte. Da aber für einen wie ihn eine Beziehung nahezu ausgeschlossen schien, hatte er Begegnungen einfach vermieden oder hatte Frauen gar nicht näher angesehen. So, wie wenn einem eine Speise verboten ist und man also gar nicht in Erwägung zieht, sie zu essen und daher auch gar nicht vermisst.

Aber jetzt? Das war der Hammer. Wiewohl er solche Ausdrücke sonst nicht einmal in Gedanken verwendete, war es hier der einzig passende. Ein Hammer vor seinen Kopf. Sie war rundlich und ihr Haar hatte eine Farbe, bei der es ihm kalt den Rücken runterlief. Nicht hellblond, etwas dunkler. Ganz leicht nur. Wie die Farbe von angedunkeltem Buchenholz. Es war ganz glatt und fiel lang über ihren Rücken. Sie trug ein hellblaues T-Shirt und einen kurzen Jeansrock, aus dem ihre sehr weich gepolsterten Beine guckten. Ihre Füße steckten in schwarzen Ledersandalen. Als er die Füße sah, gaben seine Knie nach. Ihm wurde schwindelig. Er hatte wirklich nicht gewusst, dass eine Frau so sein konnte.

In dem Moment, in dem er die Augen schloss, kam sein Verstand wieder zum Vorschein.

„Du hast es gewusst", sagte er sich, „es geht eine gewisse Gefahr für deinen Verstand von Frauen aus. Geh nach Hause und hol das Buch morgen oder übermorgen ab. Lass es einfach vorbeigehen. Das war die Strategie, die er sich für diesen Fall zurechtgelegt hatte. Plötzlich aber tauchte eine andere Stimme auf: „Du wirst dich doch von ihr nicht verjagen lassen? Zeig, dass du Herr deiner Sinne bist. Sie soll gehen. Du warst schließlich zuerst da."

Und ohne das bei ihm sonst übliche, abwägende Hin- und Herüberlegen, hatte er sich entschlossen neben sie gestellt. Natürlich war er auch aggressiv. Immerhin hatte sie ihn massiv gestört. Verstört. Und es kostete ihn erhebliche Anstrengung dagegenzuhalten, nicht hinauszurennen – oder …. sie an – zu – fas - sen! Mit dem Mund ihr Haar oder ihre Haut zu berühren. Sie mitzunehmen, sie liegen und sich wohlig räkeln zu sehen.

Woher kamen diese Bilder plötzlich? Nie hatte er vorher an so was gedacht oder solche Bilder gesehen. Er wusste nur – eigentlich wäre es das, was er wollte.

„Die Käufer, die potenziellen, was sagen sie?", wiederholte Karina ihre Frage.

„Nichts sagen sie. Nichts. Ich zeige meine Bilder doch nicht irgendwelchen Trotteln, die sie am Ende nicht gut finden."

„Hm", sagte sie nur.

„Ich bestimme. Merken sie das denn nicht? Ich bestimme über mich und meine Bilder."

„Doch", sagte sie, „das merkt man deutlich", und setzte sich in den Sessel zum Lesen. – „Aber sie bestimmen eben nicht über mich."

Er kam ihr nach.

„So und jetzt sagen Sie mir, was ich tun muss, um meine Bilder zu verkaufen!"

Sie las ungerührt weiter.

„Los, reden sie!"

Keine Reaktion.

„Ich – ich hole die Polizei."

„Sie machen sich ja lächerlich."

Sie konnte nicht widerstehen zu antworten.

„Ha, aber Sie reden wieder. Na also."

Nach einem langen Augenblick völliger Stille sank er in sich zusammen. Er schien kleiner zu werden.

„Ich bin Perfektionist", sagte er, „und ich bin fast perfekt. Das ist Schicksal. Ich ertrage keine Unvollkommenheit. Ich ertrage das Unvorhersehbare nicht. Deshalb ist Konversation mit Menschen nichts für mich. – Sie aber, Sie bilden sich auch noch was auf ihre undurchschaubare Natürlichkeit ein und Sie sehen ja, wie jegliche Harmonie gestört wird."

„Ich bin vielleicht nicht perfekt, aber ich tue, was ich will. Und wie es mir passt."

Mit diesen Worten legte sie das Buch über die Hexen auf den Glastisch und verließ den Laden.

„Na bitte", sagte er, „geschafft."

Sie ging – ein bisschen wie in Trance – dieser Blick – als hätte er sie mit einem Bann belegt. Er ließ sie nicht los. Sie ging zum Bahnsteig. Sie hatte für eine Weile die Zeit völlig vergessen. Und dann wollte sie sich gerade mit einem Griff in den Rucksack versichern, dass ihre Fahrkarte noch da war, wo sie sein sollte, da bemerkte sie, dass sie ihren Rucksack im Buchladen vergessen hatte.

Jetzt müsste man hexen können, dachte sie. Die Fahrt an die Nordsee konnte sie knicken. Sie nahm es mit Lethargie. Eigentlich hatte sie sich sowieso nicht vorstellen können, dass man der Hitze einfach entfliehen könnte.

Sie ging zurück Richtung Buchladen, als ihr dieser merkwürdige Typ mit ihrem Rucksack entgegenkam.

„Sie haben etwas vergessen," sagte er und hielt ihn ihr hin.

„Ach ja?", sagte sie schnippisch. „Weil Sie mich abgelenkt haben."

Das war etwas ungerecht. Aber er war ja auch nicht gerade ausgesprochen nett zu ihr gewesen.

„Ja, das habe ich mir auch schon gedacht", sagte er.

„Kommen Sie mit mir", fügte er hinzu.

Da sie in der Hitze keine Lust zum Reden hatte, ging sie willenlos hinter ihm her.

Er führte sie zu seinem Auto.

„Mit Klimaanlage", sagte er mit Blick auf die Schweißperlen auf ihrer Stirn und hielt ihr die Tür auf.

„Wo wollten Sie denn hin?"

„Spiekeroog", sagte sie.

„Das ist mir zu weit", sagte er.

„Ich koche Ihnen einen Tee", fügte er hinzu, „wenn Sie mit zu mir kommen. – Obwohl ich Ihnen sagen muss, dass ich in solchen Dingen ungeübt bin. Ich hatte noch nie Besuch."

„Oh ha", sagte sie. „Na dann schauen wir mal."

Und wie sie schaute. Er lebte in einem großen, herrschaftlichen Haus. Er kochte fantastischen Tee. Und führte sie in sein Zimmer. Wie er es geschafft hatte, dass es so schön kühl war, blieb sein Geheimnis.

„Ich benutze nicht viele Räume in diesem Haus", sagte er. „Eigentlich nur dieses Zimmer – und ab und zu das Wohnzimmer. Ich habe das alles von meinen Eltern geerbt."

Dieses nicht allzu große Schlaf- und Arbeitszimmer strahlte etwas aus. Es schien Karina genau das zu sein, was ihr immer gefehlt hatte. Ein Zauber lag in der Luft. Es war wie ein fehlendes Puzzleteil – das mit ihr zusammen ein sinnvolles Ganzes bildete.

Und sie sah ihn an. Lächelte. Und beschloss zu bleiben.

## MARIES AKTE

Forschen Schrittes ging Franz die Straße entlang. Es wurde schon dunkel. Er wollte es hinter sich bringen. Ja, er war ein Pedant. Aber er konnte es selbst nicht ändern. Ja, es war überflüssig. Alex hatte Recht.

„Räum den Kram weg", hatte Alex gesagt. „Interessiert doch keinen mehr." Stimmte genau. Stefan war unter der Erde. Dem würde es sowieso nicht mehr helfen. Aber Alex hatte gut reden. Er nahm eben alles leicht.

„Man muss nicht länger in der Scheiße wühlen als nötig", hatte Alex gesagt.

Alex war lebenslustig und klug. Rational eben.

Das konnte man von Franz nicht gerade sagen. Aber auch er hatte seinen Platz gefunden. Gleichmäßig und akkurat, Schritt für Schritt, war er gegangen. Bis hierher. Bis zum Polizeibeamten hatte er es gebracht. Sich um die Dinge kümmern, das war es, was er konnte. Alles, was darüber hinausging, verursachte ihm einen lähmenden Schwindel. Er hatte es versucht. Es hatte keinen Sinn.

Schon kam das kleine Haus in Sicht. Am Ende der Straße. Hier war schon nicht mehr geteert. Reste eines Bauernhofs verfielen im Hintergrund. Ende der Welt. Der richtige Platz für Tragödien, Mord und Totschlag. Wer wollte dieses Geflecht an Beziehungen durchschauen? Jahrhundertelang lebten diese

Familien hier. Ein Neffe beleidigt den Onkel. Eine Generation später bringt sein Sohn dessen Enkelin um. „Hat es alles gegeben", hatte Alex gesagt. Kam niemand dahinter, was in diesen Bauernköpfen so vor sich geht.

Franz wollte da auch gar nicht dahinter. Ihm war es Recht, wenn nur alles seine Ordnung hatte: Man weiß, was man untersucht. Punkt. Wenn nichts rauskommt, dann ist es eben so. Auch wenn man ahnt, dass etwas nicht stimmt.

Deshalb liebte Franz seine Arbeit. Man musste sich um Ahnungen nicht scheren. Aber eine Akte ohne Unterschrift der Angeklagten wegräumen? Alex hätte das wissen müssen. Das konnte Franz nicht. So war er halt. Und weil Alex ihn schon so lange kannte, hatte er ihm die Akte aus der Hand genommen und weggestellt. Und abgeschlossen. Und den Schlüssel eingesteckt. Er fühlte sich überlegen.

„So einfach ist das", hatte er gesagt und war mit triumphierendem Lächeln gegangen. Aber so einfach war es nicht.

„…ist in Anwesenheit des ermittelnden Beamten zu unterzeichnen.", lautete die Anweisung. Und Franz nahm den Ersatzschlüssel und die Akte. Natürlich erst, nachdem Alex eine Weile weg war. Der ermittelnde Beamte war nämlich er, Franz. Und er hatte nicht alles verstanden, was Marie gesagt hatte. Er musste nachfragen. Erst dann wäre mit ihrer Unterschrift alles abgeschlossen. Es musste sein. Obwohl er nicht darauf erpicht war Marie zu sehen.

Als er zur Einfahrt des Hauses kam, hörte er lautes Lachen. Die Stube war hell erleuchtet. Musik spielte.

Das passte nicht hierher. Stefan war noch nicht lange tot. Na ja, das hatten ja alle gesagt, dass Marie nicht hierher passte. Und dann noch zu Stefan, der so langsam und immer trübsinnig war. Aber die Marie hatte halt nichts. Und er hatte den Hof und brauchte 'ne Frau.

Aber Franz ließ sich nicht aufhalten. Es war ja noch nicht spät. Er klingelte. Obwohl die Tür offenstand.

Obwohl ihn ein Moment des Zögerns hätte retten können. Nein, zögern war seine Sache nicht. Jedenfalls nicht, wenn der Weg so klar vor ihm lag. Er drückte die Klingel und blickte auf seine Schuhe. „Ich brauche eine Unterschrift", lag ihm auf der Zunge, als die Tür ganz aufgemacht wurde und ein Paar Männerschuhe vor seinen auftauchten. Sie waren ihm vertraut. Zu vertraut. Alex hatte den Schreibtisch neben ihm und lege oft in der Mittagspause demonstrativ die Füße mit genau diesen Schuhen auf den Tisch. „Man muss das Leben genießen, man muss mal Fünfe grade sein lassen. Sei locker!", sollte diese Geste besagen. Franz wusste es wohl. Und wie gerne hätte er es ihm gleichgetan!

Aber nun: hier gehörten diese Schuhe nicht hin.

Was wollte Alex hier – um diese Zeit?

Langsam wurde ihm klar, was er nicht gesehen hatte. Warum Alex Maries merkwürdige Antworten so einleuchtend gefunden hatte. Warum er nichts hinterfragt hatte. Für einen Moment war Franz wie gelähmt von dem unerwarteten Anblick und seinem im Hintergrund kombinierenden Gehirn.

Und als er dann endlich den Blick hob und seine Augen die von Alex trafen, da war ganz plötzlich die Welt ganz anders als bisher. Alex, der lebenslustige, der fröhliche, der immer wusste, was getan werden musste. Und der darüber hinaus auch wusste, wann man das, was getan werden musste, auch mal sein lassen konnte. Der sich auf Leichtigkeit und Glück verstand, dieser Alex sah ihn auf einmal sehr ernst an.

Und Franz sah, dass Alex sah, was er sah.

Und ihm wurde kalt. Zum ersten Mal in seinem Leben wäre er ohne Weiteres bereit gewesen, auf eine Unterschrift zu verzichten.

Da tauchte Marie hinter Alex auf. Jung, blond, strahlend schön und ganz offensichtlich glücklich. Obwohl dieses ganze Glück in Sekundenschnelle aus ihrem Gesicht verschwand, als habe sie eben mal eine Maske abgenommen. Eine Grimasse des blanken Entsetzens kam darunter zum Vorschein. Aber Alex hatte ein Mittel dagegen. Eines, gegen das Franz selbst nie angekommen war. Um das er ihn beneidete. Schon immer. Alex hatte einen rationalen Ausdruck aufgelegt.

„Komm rein!", sagte er kühl.

Alex brauchte die Akte nicht zu sehen, um zu wissen, warum Franz gekommen war.

Und Franz tat, was man ihm sagte. Er konnte nicht anders.

Marie schloss die Tür sanft und drehte die Musik wieder lauter.

Sie schienen sich ohne Worte zu verstehen.

Es gab sowieso kein Zurück mehr.

Sie taten es ja nicht zum ersten Mal.

Und Franz wusste genau, was kommen würde.

Er kannte ja Maries Akte über den Mord an Stefan genau.

Alex sagte: „Franz, es tut mir leid. Echt. Warum kannst du auch nicht nur einmal Fünfe grade sein lassen? Ich – eh – wir können nicht anders. Das verstehst du doch?"

Ja, jetzt verstand auch Franz. Alex Glück ging vor. Das war einfach nur vernünftig.